凌翔　主编

当代作家精品·散文卷

藏在岁月里的温暖

十春　著

北京出版集团
北 京 出 版 社

图书在版编目（CIP）数据

藏在岁月里的温暖 / 于春著. — 北京 : 北京出版社，2023.2

（当代作家精品 / 凌翔主编. 散文卷）

ISBN 978-7-200-17835-7

Ⅰ. ①藏… Ⅱ. ①于… Ⅲ. ①散文集—中国—当代 Ⅳ. ①I267

中国国家版本馆 CIP 数据核字（2023）第 024020 号

当代作家精品 · 散文卷

藏在岁月里的温暖

CANG ZAI SUIYUE LI DE WENNUAN

于春 著

凌翔 主编

出　版　北京出版集团
　　　　北京出版社
地　址　北京北三环中路 6 号
邮　编　100120
网　址　www.bph.com.cn
发　行　北京出版集团
印　刷　三河市中晟雅豪印务有限公司
经　销　新华书店
开　本　710 毫米 ×1000 毫米　1/16
印　张　13
字　数　180 千字
版　次　2023 年 2 月第 1 版
印　次　2023 年 2 月第 1 次印刷
书　号　ISBN 978-7-200-17835-7
定　价　59.80 元

童年记忆里的文学故乡

刘燕成

我读了于春的散文集《藏在岁月里的温暖》，留下了很深的印象：他叙写的是童年记忆里的文学故乡。这本说厚不厚说薄不薄的作品集，虽一共五个小辑，但每一辑都直接或者间接说到故乡，甚至在第一辑，几乎每一篇标题都带有“故乡”二字。童年是一个文学创作者最为关键的人生阶段，它直接影响着创作者一生的文学取向和文学基调。而故乡又是作家最初练笔的描述对象，甚至不少作家耗尽毕生写故乡，在浩瀚的文学海洋里，故乡无处不在。因而，我认为于春的创作是很有意义的。

于春和我都是天柱二中的毕业生，都是陈平老师的学生。早些年，我们的母校天柱二中是一个“捡漏”学校，学生十有八九是别的学校选剩后而进入二中的，但母校有一大批心系教育、干劲十足的老师，比如我们的陈平老师，那时正40多岁，一心扑在教育上，为了搞好教学，舍弃了自己的文学创作爱好，从高一一直陪我们到高三，任语文课老师，后兼任高三班主任，是我此生遇到的最好的老师。据陈平老师说，于春晚于我在天柱二中求学。二中有一排特别美丽的梧桐树，在旧教学楼大门通往教师宿舍楼的路上，将操场分割为两半，夏天是绿绿的，秋天是金黄金黄的，树下的石墩上，每天都坐满了人，捧着书本细声阅读，呈现出一道很美很美的风景。我想，于春或许也在那石墩上读过书，像当年的我，对知识如饥似渴，对未来充满了无限遐想。

应该是好些年前了，于春在网上书店购买了我的书，后发来手机短信予我，大意是期待快点收到书。那时我以为他是外省人，好多年过去了才知道他和我同是陈平老师的学生。于春与同样毕业于天柱二中的师妹张兰银往来甚密，他们常常在网络上探讨文学之路，无话不说，或许是他们的文学起点差不多，想法也差不多，交流起来更加顺心和舒畅。不像与我，总隔着什么似的，即便偶尔说到文学，也总是赞扬比批评多，恭维和奉承多，有时候让我很是尴尬。兰银更是夸张，读到我文章里的错别字，也不帮忙指正，还说是通假字，世上很难找到这样忽悠师兄的小师妹，我自知自己的浅薄，羞愧不已。返乡时，我在故乡的小县城里见过兰银几面，她总是笑盈盈的，热情好客，端庄大气，典型的侗家妹子。可惜她性格太直，特别坚持自我，在人情世故上更是不愿意去迎合，因而遇到过吃亏的事。于春也常常说，他喜欢读我的作品，甚至潜移默化，在他的作品里可以看见我的文章的影子。我当然知道这是奉承的话。其实，于春、兰银，以及我自己，都深受陈平老师的影响，不管是为人处世，还是业余的文学创作，或多或少带有陈老师的印痕。陈老师被母校的其他老师誉为“活字典”，他是一个知识渊博的教学能手，还是一个谦卑、厚道、仁慈之师，许多年里，我一直因自己是陈老师的学生而感到特别自豪和庆幸。我相信，于春也一定有这样的自豪感。

相同的生活交集，让我们有了相似的人生感受和体悟。尤其是在我们都远离故乡之后，在时光的不断堆积下，对故乡的怀恋和爱慕，便越来越强烈，越来越急于表达内心对故乡的那份复杂的情感。我曾在闲暇之时翻阅过故乡的史志，我发现我们的故乡是一个历史渊源特别深厚的地方，在数百年的变迁史中，它不断演变和进化，又加之历经40多年改革开放之春风吹拂，故乡的壮丽山河和优秀传统，已将故乡打扮出一派和谐的江南美景，到处都是莺歌燕舞的人居气息。然而，在文学的故乡里，我们个体的成长之痛、之美，当然都应融合在故乡的万物之中。文学的故乡，它应高于现实的故乡，它的悲欢离合和酸甜苦辣，它的烟火气息，它彻骨的疼痛和暖心的喜悦，一定是文学化了的，是艺术的。文学的故乡，它一定不拘泥于出生地，它是宽广的、博大的。因此，我常常因自己缺乏将整个人类之地视为故乡的胸襟而感到苦恼，我因打不开故乡的范畴而感到特别的困惑。在于春的这部散文作品里，我同样察觉到了相同的弊病。他大量地写到童年的记忆和记忆里的故乡，仿佛是要构筑一个自己的理想的文学故乡。然而散文作为看似人人皆可为之的文体，却实质极难写好。冰冻三尺非一日之寒，于散文而言也是这样。好在于春还特别年轻，他的作品前景还有无限的可能，我相信他一定会写得越来越好，作品越来越完美。

目 录

第一辑　背着故乡去远行

第二辑　少年不知愁滋味

第三辑 藏在岁月里的温暖

第四辑　幸福一直在身边

第五辑　书中自有黄金屋

第一辑　背着故乡去远行

故乡的印记

故乡的炊烟、小溪、山路是我最不能忘记，最温馨的记忆，是连接我与故乡的纽带。它们像一个个印记，深刻在我内心深处。

一、那一缕炊烟

在每一座村子里最引人注目，又最温暖人心的，当数那冉冉升起的一缕缕炊烟。

小时候，我常常与小伙伴们在山野里疯玩，忘记了回家的时间。此时，我只要看到家里的炊烟升起，就特别安心，炊烟给了我信号，告诉我母亲正在准备丰盛的晚餐。当母亲的呼唤声响起，我飞快地跑回家，像倦鸟归巢。

炊烟是一个家人气兴衰的标志，没有炊烟的房屋不像一个家。一座很久没有人居住的房屋，因为没有炊烟升起，显得特别冷清。一缕缕炊烟演活了一个个家庭。一般家庭男主外女主内，当男人们在田地里辛苦劳作一天，趁着暮色归家，看到自家屋顶上空飘着袅袅的炊烟，就会露出会心的笑容。有时候，人们对生活要求不高，辛苦了一天，能够吃到一碗热饭，就心满意足了。

我上初中的时候，在二十公里外的镇上上学，周一到周五住校，周六、周日回家。从我家到镇上，全是山路，没有汽车，只能步行。初三的时候，我周日要补课，早上天还未亮就得出发。我刚睁开眼，透过窗户，看见自家的烟囱炊烟飘扬，就知道母亲在忙着，为我准备早饭，我感到特别温馨。

吃完母亲做的饭后，天还没有大亮。此时，晨雾弥漫，白茫茫一片，由于放心不下，母亲非要父亲送我一程。父亲在前面带路，我紧跟在后面。那时候，我觉得父亲的背影特别伟岸，让我难以企及。由于家里农事太多，父亲只能送我到半山腰。当父亲回去之后，我在浓厚的晨雾中有些害怕。但是我认为浓厚的晨雾是炊烟的化身，它们是来送我一程的，我就再也感觉不到一点害怕，反而特别安心。

我长大后，每次远行，母亲一边为我准备行囊，一边偷偷地抹眼泪。我问母亲为什么哭了，她总是说浓烈的烟雾熏到了眼睛。我越行越远，母亲站在门前的身影与炊烟渐渐地合为一体。无论身在何处，我只要看到雾气，就会想起故乡的炊烟，想起母亲。

二、那一条小溪

故乡老屋边的小溪，仿佛自古以来就在那里，涓涓的水流从不停歇，一直静静地流淌着。

小溪不宽，一个成年人轻轻一跃就能过去；小溪很长，从村头一直延伸至村尾，像一条绳索一样，把零散的房屋串在了一起，形成了一个大村子；溪水清澈透明，从上往下看，能够看到溪底的乱石和小鱼。

我家老屋就在溪流不远处，哗哗的水流声，像一支动听的歌谣，伴随我成长。当我浑身疲惫从外归来，只要听到亲切的水流声，整个心都安静了下来。水流声像疗伤圣药一样，给我心灵最好的治疗。

年少的时候，我最喜欢跟随水流声歌唱，在水流声的掩盖下，我可以放肆地歌唱，而不担心有人说不好听。对于心中的不快乐，我也可以向小溪诉说，在水流声的隐藏下，不会有人知道，这是我与小溪的秘密。每夜，水流声都伴随我入眠。水流声成为我生命中不可或缺的一部分。如果有一天，我突然听不到这声音，想必会难以入眠。

村庄有了这股清溪，变得活跃了起来。无论春夏秋冬，村里的女人们都会提着衣物到溪里洗涤。她们聚集在一起，让溪流瞬间变得热闹起来。她们相互攀比着身上的衣物，夸耀着自己的丈夫和孩子，不时传来阵阵笑声。这里成了话题的中心，村里发生的大小事情，都从这里传播，发酵。

溪流是村里农田灌溉用水的主要来源。溪流像心脏一样，被无数水渠引出，为田地供应着血液，让水稻能够长大长熟。溪流的水量有限，却很少干涸，因为溪流之中存在许多泉眼。这一条小溪，是幸运之神赐予我们的礼物。它的存在，让我们村度过了一个又一个干旱的年头，幸运地存活下来。

溪流也是我们童年主要的玩乐场所。整个夏天，我们都光屁股泡在溪水里，冰凉的溪水为我们驱除炎热。我们在溪水里划着狗刨，打着水仗，玩到夕阳西下，直到听到母亲的叫喊声，才依依不舍地离去。第二天一早，我们又再次聚集在一起。溪流也是我们抓鱼的场所，透过清澈的溪水，我们能够清晰地看到鱼群，只要拿上撮箕，朝鱼群一撮，蹦蹦跳跳的小鱼就插翅难逃了。小溪记录了我的童年，带给了我无数欢乐，让我难以忘记。

故乡的小溪是村庄的脉搏，演活了整个村庄。它奔流了千年，依然在流淌着，只要它一直存在，村庄就会一直存在，故乡也会一直存在。

三、那一条山路

我家开门见山，一座山连着一座山，连绵不绝。人们与山为伍，靠山为生。从村里到镇上是一条山路，仅够一个人通行，像一条扔在地上的皮筋，围着大山任性地扭来扭去。它所经过的山坡是一座座让人看到就叹气的坡，故我们村的人给它们起了个有意思的外号——叹气坡。

叹气坡四季风景秀丽，不同的季节韵味不同。春天，绿色浓烈，路两侧的树木尽情伸展身躯，把本来逼仄的路挤得越来越窄，也不影响百花争艳。无数野花仿佛约好了时间一起开放。那一段时间，人们天天在花海中荡漾，享受着迷人的花香，心情变得愉悦，干活都变得有力气了。夏日，这里绝对是凉爽一片，人们走在其中，一点感受不到炎热，是真正的天然避暑胜地，让人们久久不愿离开。秋天，树木换上了黄色的秋装，一片片树叶在秋风的召唤下纷纷落在地上，铺满了小路，踩上一脚，特别能感受秋的韵味。冬日，山林变得空明，走在其中，感觉不到任何束缚，多么自由自在啊!

但是下雨的时候，人们变得很苦恼。山路全是黄泥，雨水的加入，让人深刻感受到黄泥的好客。它们使劲拉住你的脚，粘住你的衣服。人们走上一次，就变成了一只只花猫。如果肩上再挑一些东西，真是累得眼泪都流出来了。

叹气坡是我们外出必经之路，留下了先人们无数的泪水和血汗，也留下了我们许多的欢乐与悲伤。家乡的雨水总不停歇，仿佛贫瘠的土地，惹得上苍流泪。许多时候，叹气坡都是泥泞一片，让人望而生畏，但是我不得不经过这里。上初中之后，我每个星期都要爬一次叹气坡，在上面留下了无数个深深的脚印。

我从与黄泥的一次次战斗中，学习到了许多做人的道理。世上无难事，只怕有心人，对于如此难走的路，心里先害怕了，还如何战胜它呢？一次又一次，弯弯的山路磨炼了我的意志，让我能从容地面对任何困难。

随着经济发展，我们村终于通了水泥公路，叹气坡成为历史。但它留在我心中的那些美好记忆，却挥之不去。

故乡的三口井

一个地方适不适合人类生存，有一个标准是有没有供人饮用的水。而故乡的标志，也正是一口口水井，有水井的地方，都是我们的故乡。

一、自生井

“桂花树下自生井，枫木树下无字碑。”这句话一直在我们村里流传。无字碑我是见过的，一块光滑如镜的青石倒在枫木树下，也许它在久远的过去有字，记载着我们村子的故事，但是随着岁月流逝，字迹渐渐模糊，最后消失不见了。自生井却只是传说，就算村里最年长的老人，也没有见过，但是它肯定存在，因为它的传说是那么活灵活现。

我们村中央有五棵古树，沿着一条蜿蜒向东流淌的小溪两岸生长，均为参天大树。一棵桂花树、一棵枫木树、两棵香樟树、一棵楠木树，宽大的树冠像一把把巨伞，遮挡着天空，给人们提供挡雨和纳凉的去处。桂花树下就是自生井原来的位置。溪流之上是一架木桥，以桥为支架，搭建了一座凉亭。这里成为人们聚集的场所，热闹非凡，人声、鸟声、打水声，演活了整个村庄。

传说，自生井自古就在这里，井口呈圆形，直径三尺，深不见底，直通地下暗河，水质清亮，水源似无穷尽。在最干旱的年份里，它都没有干涸，不但供人们饮用，而且供农田灌溉。

每天，天还未亮，水井边就开始热闹起来，叮叮当当的木桶撞击声此起彼伏，井辘轳咯噔咯噔响不停，人们你来我往，争相把家中水缸挑满。一家家人一天的开始，均以水井为起点，水缸挑满了，才能忙其他事情。

自生井养活了一家家人，大家都小心地保护着它，隔一段时间，就对井口进行维修，井辘轳进行更换，但是自生井最后还是消失了。它的消失，还有一段伤心的故事。

在过去，人们受地主阶级压迫和剥削，许多事情都身不由己。但是人们并不是麻木不仁的，而是以自己的方式，一次次反抗着。

当时，我们村有一名大地主叫张高，方圆百里的田地都是他的产业，生活在这里的人们都是他的佃户和长工。张高对佃户和长工极为苛刻，往死里剥削，人们过着水深火热的日子。张高有七个老婆，也许是上天对他为富不仁的惩罚，他生了八个女儿，就是没有儿子。为了生儿子，六十岁的张高，准备再娶一个小老婆。

有一次，张高路过自生井的时候，看见了佃户李二的媳妇秀英。她乌黑的长发，水灵灵的大眼睛，还有一张瓜子脸，真是太完美了。张高被深深地吸引住了，打算马上娶秀英。

秀英是邻村的女子，与李二成亲才一个月。两人的婚姻是双方父母做的主，成亲前两人连面都没见过。李二外表俊美，却是中看不中用，说话低声下气，还游手好闲，不愿意干农活。许多农活都是秀英一个人在忙。

之后张高娶了秀英，李二得了一笔钱，眉开眼笑，才不管秀英的死活。周围的人则事不关己，默不作声。秀英却是一名烈女子，在被迎娶的前一天，她照例去自生井打水，趁人不注意跳进了深井中。由于水太深，秀英的尸体一直未能打捞到。张高知道后很生气，下令把井封了起来，说要让秀英永世不得超生。

从那以后，自生井变成了秀英的坟墓，秀英的灵魂在里面自由遨游，再也不会受到压迫。

二、老屋内

自生井被封了后，村里的人们吸取了自生井水太深的教训，寻找水源的时候，以泉眼做水井，不再打深井。人们经过多次探察，在老屋内找到了满意的泉眼，做成了水井。

水井分为上下两级，高一级为饮用水，低一级用来洗衣、洗菜。水井为方形，长三米，宽三米，深三米，突突的泉眼，保证水井总是满满的。水清而亮，冬暖夏凉，特别是夏天吃西瓜的时候，打一桶水，把西瓜放入其中，就能吃到又冰又甜的西瓜。

这里成为新的热闹源头，也是话题的源头。女人们一边洗衣，一边说着村子里的各种八卦。张大爷早上打了一个喷嚏，李大嫂昨夜拉肚子，王大妈吃了几块肉，村里的任何事情都能成为她们的话题，填补着村里简单的生活。

村里的人们用老屋内的井水，一直相安无事。从我懂事后，所饮用的水就是老屋内的，而不见自生井。每年夏天，人们都要对水井进行一次清洗。这是一场盛会，每家每户都会派人参加。我们小孩子从来不用喊，早就等待着这一天，我们可以打水仗、抓泥鳅了。

清理水井的时候，首先由四五个强壮的男人，分布在不同的方向，一起动手用脸盆把水舀出来。满满的一池水，以肉眼可见的速度下降。当水见底，看到井底的淤泥，我们快乐的时光到了，跳进淤泥之中，开始抓泥鳅。井水中营养丰富，泥鳅又大又肥。

我与小伙伴们有时为了抢一条大泥鳅，在泥巴里相互争抢、打滚，都变成了泥孩子，我们却一点不在乎。泥鳅抓得差不多了，淤泥也清理干净了。我们等待水再次满起来，清洗掉身上的泥巴，心满意足地回家，期待下一次清理水井的日子，再享受一次快乐。

村里有了这口水井，人们日子过得很安逸，但是大自然变化无常。一场大旱来临，赤地千里，最先干涸的是田地，然后是溪流，最后是水井。三米深的水井，只有薄薄一层水。每天人们用勺子舀，才能收集一点水做饭。这却不是终点，毒辣的太阳越来越强烈，井水再也不出了。

一群嘴唇干裂的人，已经走投无路，想起了村里的传说。

三、新井

村里的人们自发出钱出力，请来了打井队，准备在桂花树下自生井边上重开一口井。

烈日里，每一分钟都是生命，打井队打了十几米，却没有见水。村民们心急如焚，准备了香烛、祭品，祭祀天地，也请求秀英显灵，救一救父老乡亲。整个村子的人，都跪在烈日下，不停地祈求，不停地磕头。也许是上苍看到人们太诚心，在第五日，五十米的地下终于见水了，人们欢呼着，奔走相告。

这口新井救活了全村人，但是井水一点也不清澈，而且还有一股土腥味，再也没有自生井井水的清澈、甘甜。也许是上天对村民在过去对秀英见死不救的惩罚吧！

新井因为水质不好，只在特别干旱的年份启用，平常人们还是用老屋内的水井，两口井轮番使用，让村子里的人们平安地度过了一年又一年。

自从村里通公路后，自来水也接通了，原来的水井再也没有人光顾，渐渐被人遗忘。故乡的三口井，养育了我们一代代人，我们绝不能忘记它们，一定要记得先有水井，才有我们的存在。

故乡的石板桥

故乡的一草一木，都是我的亲人，一直伴随我成长，在我生命里留下了不可磨灭的印记。岁月变迁，它们依然在我心里，成为我身体的一部分。故乡的石板桥就是如此，曾留下了我无数的悲伤与欢乐。

我家门前有一垄水田，宽约一百米，长约两千米，从村头一直延伸至村尾。这一片水田，水源很少干涸。在遥远的过去，这里是一条河流，奔腾的河水从这里经过，最后流入清水江。沧海桑田变幻，河流干涸，变成了一片水田。村里的人们靠这一片水田，种植水稻得以繁衍。这一垄水田把村子分割成两半，一排排房屋不均匀地分布在水田两侧。

村民们干农活的时候，必须穿过水田；走亲戚的时候，必须穿过水田；上学的时候，必须穿过水田。平常大家都沿着田坎走，但是雨季的时候，田坎都被淹没，出行就成了大问题。

曾经有一次涨洪水，还冲走了去上学的两姐弟。那是五月份的时候，端午节刚过，梅雨已到，雨下个不停，水田里刚插下不久的秧苗，仅能看到一小截。虽然田坎没有完全被淹没，但是部分田坎水流很大。两姐弟结伴去上学，需要穿过水田。他们在洪水直流的田坎上走，一不小心，弟弟被洪水冲走了，姐姐伸手救弟弟，也被冲走了。尽管附近的人以最快的速度冲过来，还是没有能够挽救两条幼小的生命。当两人的父母赶到，他们哭天喊地，却也无济于事。

这条路变成了死亡之路、伤心之路，人们必须重视起来。为了解决行走的问题，村民们在水田里架上了木桥。由于木桥挡不住风雨侵蚀，更挡不住洪水冲击，过不了多久，又得重新架桥。为了一劳永逸，村里的有识之士组织大家捐钱，请来石匠，打算在原来木桥的位置，搭建石板桥。

木桥位于村子中央，是村民聚集地，学校、村委会都设在这一带，而青石出产地，在上游五公里处。整个村子，只有那里的青石最好，又硬又没有裂纹。架设石板桥，需要十几块长三米、宽五十厘米的石板，必须从山体中整块切割而出，再在水田中架上石墩，把青石铺在上面，石板桥才能架设完成。

为了保证青石的完整，不能用炸药，只能用最原始的方法分割石头。在寒冷的冬夜，在青石裂隙中倒入热水，加快石头结冰速度。然后在第二天早上，利用大火，把石头裂隙变大。石匠再根据裂开的纹路，把青石整块敲出。这是一门细致活，也是慢活，一点急不来。整块青石取下后，运输又成了大问题。如此大的青石，至少上千斤重，全靠人力搬运，根本不现实。但是埃及人能造出金字塔，中国古人能建造长城，这点难度也难不住村民。他们在石头下面铺上圆木，推一下，再换一下木头，像蚂蚁搬大象一样，把青石一个个运输到了目的地。全村人总动员，男女老少一起动手，费时两年，石板桥才架设完成。

石板桥建设的时候，我还没有出生。这一壮举，我当然没有能够亲眼看见，只能从长辈口中，或者从石板桥边上的石碑上，感受到建设石板桥的艰难。石板桥边上的石碑上刻录了捐献人的姓名及物品，都是某人捐了多少米、多少布，很少有直接捐钱的人。在二十世纪五六十年代，人们太穷了，根本没有多余的钱，但是为了架桥，他们还是出力出物。这是一桩流芳百世的好事。

石板桥经历了岁月的洗礼，经过无数人的双脚一次次摩擦，变得光滑如镜、熠熠生辉。清晨，天空微亮，人们挑着农家肥，在石板桥上穿行；傍晚，晚霞正艳，人们从山上挑着柴火，再次经过石板桥；人们外出到镇上赶集，也须经过石板桥。石板桥融入了人们生活，人们离不开它。

石板桥架在水田之上，桥上是垂钓的好去处。特别是在雨季，水田的水满了，水流推动田里的鱼疾游，鱼在这一带聚集，我们只要将鱼饵放下，肯定能有收获。雨季的时候，整个石桥上都是人，一个个戴着斗笠，披着蓑衣，聚精会神地钓着鱼，正是“青箬笠，绿蓑衣，斜风细雨不须归”。由于我们学校就在石板桥边，我们经常忘记了上课，入迷地钓着鱼；或者在课间十分钟，跑过去钓一次。

石板桥是我上学的必经之路，无论酷夏，还是寒冬，我都必须用双脚体验石板桥的温度。夏天，我经常光着脚丫子走石板桥，炙热的石板桥，把我的脚掌印出了老茧；冬天，石板桥上更光滑了，一层薄薄的冰铺在桥上，变成了我溜冰的场所。

石板桥边上没有做护栏，在光滑的石板桥上面溜冰，很容易溜进水田里，我就溜进去过一次。寒冷的冬天里，在水里打一个转，冰冷的水与身体直接接触，再强壮的身体也扛不住。我毫无悬念地得了重感冒，打了几天点滴才好了起来。从此以后，我再也不敢在石板桥上溜冰了。石板桥还是我与小伙伴们的嬉闹场所，我们从教室里捡来五颜六色的短粉笔，在石板桥上勾画着各种各样的图画，画一只小猪、一只狗，然后在边上写上小伙伴的名字。我们相互追打着，欢声笑语响彻石板桥。

随着村子里修通了公路，石板桥退出了历史舞台，静静地伫立在水田之中，看日出日落，云卷云舒。在交通不发达的年代，石板桥是一个时代的记忆，把村子与外界连接了起来，把人们的心紧密连接在一起，让村子得以发展、繁衍。时代的进步，并不能抹去它做出的贡献。

每次回家，我都要特意再走一次石板桥，再感受一次石板桥的温度，问候一下它，让它知道我没有忘记它。

故乡的鸟鸣声

我上班需要经过一条河流，河岸边有一片树林，由于远离繁华，渐渐吸引了各种各样的鸟儿在树林中歇息。在机器声轰鸣的都市，突然听到叽叽喳喳的鸟鸣声，让我感到特别意外，它们把我的思绪拉回了遥远的故乡。

我的故乡山林宽广，树木茂盛，是鸟类的天堂。麻雀、燕子、喜鹊、布谷鸟、啄木鸟、画眉的鸣叫交织成了一首动听的乐曲，给呆板的村落增添了无数神采。

“望帝春心托杜鹃。”杜鹃一向是凄凉、哀伤的象征，在我们老家，杜鹃又叫布谷鸟。布谷鸟与鸽子大小相仿，但比鸽子更细长，上体暗灰色，腹部布满了横斑，飞行速度很快，藏于深山，人们能够听到它的声音，却很少见到它的身影。

古时候，人们只能根据天象变化判断春耕时节，却不太准确。布谷鸟的叫声，能够准确无误地提醒人们时间，因而布谷鸟受人们喜爱，它是一种吉祥鸟。人们以第一个听到布谷鸟的叫声为荣耀，可以在村子里面炫耀很久。据说，春天里第一位听到布谷鸟叫声的农人，能够得到望帝的美好祝福，祝愿他家庭美满，粮食丰收。

当红如血的杜鹃花开满山野，“布谷……布谷……”的叫声也开始响起，人们从懒散中醒来。一年之计在于春，人们开始忙碌起来，把墙上的犁耙取下，把仓库里的种子找出，把牛圈里的牛放出，开始春耕了。

人们在布谷鸟的提醒下，把田地细细翻耕，以备待用，而飞来飞去的燕子，从田地边衔取湿泥，准备重新筑巢。

“几处早莺争暖树，谁家春燕啄春泥。”燕子念旧，都会飞回到旧主人家，叽叽喳喳继续给旧主人带来欢乐。燕子的到来是一家人的荣耀，没有看见燕子再次归来，人们的情绪会低落很久。新建的房屋，人们都会特意在屋檐下做一块木板，希望能够得到燕子的光临。

燕子是最懂人类心思的鸟类，若即若离的距离，让弱小的燕子在天敌遍布的自然界谋得一席之地，而且没有成为人类的笼中之物，它们能够在天空中自由飞翔。双尾像剪刀的燕子，似箭一般飞进飞出，为人类除去田地的害虫。一户人家有了燕子，不用担心蜘蛛遍布，虫豸横行，燕子把家打理得干干净净。

我认识的第一种鸟就是燕子，在屋檐下悠然自得的燕子，我还在牙牙学语的时候就认识了。清晨，燕子的叫声把我从睡梦中吵醒，看着它们忙忙碌碌，我也要学习勤快的燕子，赶快起床，开始新的一天。我曾经对双尾似剪刀的燕子相当好奇，总想抓一只养一养。爸爸妈妈告诉我，燕子能够消灭无数害虫，保护田地庄稼，我才放弃了这种想法。

当田地里的粮食变得金黄，人们等待着丰收的果实，而山林中的麻雀拖家带口，已经准备窃取人们的胜利果实。

叽叽喳喳的麻雀，在粮食不充足的年代，是人们的敌人，是四害之一。麻雀是群居鸟类，一来就是一大群。一片麦地，本来就不高产，人都不够吃，麻雀一来，真是颗粒无收。

田间摇摇晃晃的稻草人阻挡不了麻雀大军。细细的网，遮挡住了田间的稻穗，饿急了的麻雀，横冲直闯，硬把网撞开一个洞。求救无门的人们，只得用上终极武器——农药，把小麦或者水稻，用农药泡了，撒在麻雀必经之处。麻雀在人人喊打声中，渐渐消失在人们的视野之中。

后来，人们生活好了起来，麻雀的身影再次出现，它们飞来飞去，落在屋前空地上，捡食地上掉落的食物碎屑。我们当然舍不得赶走它们，它们是多么可爱的大自然的精灵啊！

一片片本来绿色的树木，还没有进入秋天，就变得枯黄，人们却束手无策。

笃笃笃的声音，在寂静的空山响起，很有节奏感，为寂静的山林增添了一丝神采。这是山林的医生——啄木鸟在为树木治病。一棵树的叶子得了病，人们可以喷洒农药；树心得了病，人们却无能无力。而专门治疗树心疾病的医生，就是啄木鸟。它尖尖的嘴巴异常锋利，无论如何坚硬的树木，都挡不住它。当人们看着满山的树木病恹恹的，而又完全没有办法时，听到笃笃笃的声音，人们就马上有了精神。山林的医生无处不在，无私地为树木除去病害，是人类的朋友。

“两个黄鹂鸣翠柳。”黄鹂的声音是鸟类中最好听的，它是鸟中歌后。它们因为优美的歌声，一只只被关进了笼子里，再也没有了自由。

小时候，我养了一只黄鹂，从蛋壳中孵出来的时候，它特别可爱。我给它抓蚂蚱、青蛙吃，它把我当成了它的父母。从一只蛋变成了能够在天空任意飞翔的黄鹂，生命的奇迹，一向令人惊叹。

看着它在鸟笼子里一点都不快乐，歌唱得也不欢快，我知道大自然才是它的天地。当我把它放生以后，我听到欢快的声音响彻山林，它天天开心歌唱，动听的声音传遍村庄的天空，我很庆幸放它回归了大自然。

我的故乡占着山多树多的优势，鸟儿与山林为伴，我们才能够听到各种各样动听的鸟鸣，我们多么幸福啊！我希望鸟儿永远在故乡的上空鸣叫，一直为寂静的山村增添神采。

背着故乡去远行

改革开放以后，老家的人们不再死守着故乡，而是以故乡为基地，开始四处漂泊。他们的足迹像蜘蛛网一样遍布全国，而网的中央正是故乡。我也跟随着他们的脚步，走出了故乡。每次我离开故乡外出，每走一步，就会离故乡远一点。故乡渐渐消失在我的视线里，但是故乡的影像、故乡的味道、故乡的语言，都将随我远行。

无论走过多少地方，经历多少事情，心里总有一种不踏实的感觉，仿佛缺了一点什么。当我再次站在故乡的土地上，心瞬间安定了下来。我终于明白，那些美丽繁华的地方，都是别人的地方，我终究不过是一个过客。即使我在城市里安定下来，过上了与城里人一样的生活，但是我的灵魂依然留在故乡。多少次夜深人静的时候，我都会在梦里与故乡相会。故乡的老屋、小溪、石板桥、小路像放电影一样，在脑海中播放了一遍又一遍。

无论我在别的城市生活了多久，舌尖的味蕾，一直记忆着故乡的味道。母亲做的饭菜，一直是世界上最好吃的食物。在他乡的日子里，我仿佛永远也吃不饱，特别怀念母亲做的饭菜。每次回到家，即使母亲做最普通的家常菜，熟悉的味道也让我胃口大开，饭量几乎翻了一倍。因为母亲的饭菜不仅仅是简单的饭菜，还包含了浓浓的爱。

“少小离家老大回，乡音无改鬓毛衰。儿童相见不相识，笑问客从何处来。”我在城市里生活，嘴里说着普通话，心里却感到很别扭。初到一个地方，我特别喜欢在大街上游荡，希望能够听到熟悉的家乡话，找他们聊一聊，一解思乡之苦。在异乡的城市里，突然听到熟悉的语言，我会感到特别亲切。常言说“老乡见老乡，两眼泪汪汪”，并不是矫情，而是真实的心灵写照。一个人在异乡打拼，说着普通话，仿佛忘记了家乡话。其实不是忘记了，而是深藏了起来，只要有一个激发点被激发，就会爆发出来。家乡话是故乡的印记，深刻在我的脑海里，永远也不会忘记。我说梦话的时候，肯定会说家乡话，而不是普通话。

以前，四海漂泊的人身上都会带一把故乡的土，在思乡的时候，把土拿出来看一看，闻一闻，或者干脆泡水喝，以缓解思乡之苦。而我对于思乡之情，就是通过说家乡话来排解，找一个老乡，说一说家乡话，身边没有老乡，就打电话给父母、朋友，按照电话本一个个打过去，用熟悉的语言聊一聊家乡的变化，聊一聊近况。聊完了以后，似乎得到了新的能量，又能支撑我在异乡继续打拼。

家乡话是一个地方人们集体的记忆，是人们对故乡的留恋，是一种寄托。我从来不敢忘记它，无论我走到哪里，听到过多少种语言，普通话、粤语、闽南语、温州话、苗话、侗话、客家话，就算它们很动听，就算我学会了它们，也不敢忘记家乡话，那是连接我与故乡的纽带。

上初中时，语文老师曾教了我们一首诗：“男儿立志出乡关，学不成名誓不还。埋骨何须桑梓地，人间无处不青山。”以激励我们努力上进，走出大山。但当我们真的走了出去，却希望最后的埋骨之地依然是故乡。

故乡是一壶美酒，让人沉醉；故乡是母亲的怀抱，让人感受到满满的温暖；故乡是游子的心灵归宿，让人心安。每一个人都有一个故乡，我们没有办法留在故乡，只能背着故乡去远行。

悠悠清水江

“一道残阳铺水中，半江瑟瑟半江红。”残阳已现，船还在急行。船沿江急流而下，穿过白浪，把呼呼的风声留在耳后，把两岸风景抛弃，正是“两岸猿声啼不住，轻舟已过万重山”的景况。

“哥哥，你怎么还不归啰！妹妹等得好心焦……”一阵清脆的歌声随风传入船工汉子的耳中。他们长年在河上奔走，靠河吃河。外出的日子是辛苦的、寂寞的，动听的歌声让他们想起了家中的妻儿，给他们奋力前进的力量。

河水清清，故为清水江，是家乡的母亲河，从都匀云雾山顶流出，经过无数山山岭岭，汇入沅江，流进洞庭湖，最后归入大海。清水江离我家很近，却没有从我家门前经过，是一个不小的遗憾。站在家乡最高的山上，我们能够看见清水江像一条长蛇，绕山头转啊转。

山总是没有尽头，一山还有一山高，山高了路就远，出行水路更占优势。在公路不发达的年代，我们外出多靠水路。人们从大山之中收集特产，装船运入湖南，然后运回生活必需品。家乡的特产不多。一是木材，茫茫大山，除了树木别无他物；二是煤矿。上天一向公平，给予了一座座高山，都派上了用场。

“号子一喊浪靠边。”船出去是顺流，把握方向，就能到达；船回来却是逆流，就需要众人划桨和拉纤。声声号子声中，清水江承载了我们的生活。

“水能载舟，亦能覆舟。”看不见底的河水下，怪石林立，暗流密布，稍有疏忽，就是船毁人亡。男人们为生活打拼，外出一次至少半个月。女人们在家也备受思念的煎熬，在担惊受怕中度日，日夜为自己的男人祈福，希望他们能够平安归来。

木材运输非常危险，除了大自然的灾难，新中国成立前还有人祸。从山中砍下原木，滑入水中，把木与木相连，形成木筏。铺满了江面的木材，顺流而下，在木排各个方向配上经验老道的水手，他们熟悉河道，能够准确地避开暗流、礁石，但是避不开江边的水盗。

这是一群靠江而活的强盗，他们居无定所，随波逐流。船小而灵巧，还能逃得快些，但是木筏却无能为力，遇上了水盗，只能破财消灾。刚走出家门血气方刚的年轻水手，还想与水盗们干一场，却被年老的水手呵斥住了。他们不是斗不过水盗，而是水盗做无本生意，来如风，去如电，政府几次剿灭都没有效果。如果他们得罪了水盗，以后就再也没有好日子过了。

清水江是运输之路，也是我们的渔场。古语说“水至清则无鱼”，清水江却打破了这个定义。鱼是最不忘本的生物，无论离开多远，都会回到出生地产卵。江海湖泊之中的鱼，都在寻找着自己的故乡。清水江也变得忙碌，成千上万的鱼群逆流而上，白鹭和鱼鹰已等待多时，渔夫也蓄势待发，一天的收获，胜过平常十几天。

鱼群溯源，经历无数苦难，前仆后继，不到达目的地誓不罢休。急流阻挡不了它们，高山阻挡不了它们，人类更阻挡不了它们。它们听从故乡深情的呼唤，义无反顾地归来。但是随着河流被截断，变成了一座座水电站，即使鱼群有逆天的本领，也回不了故乡。回不去的鱼群，渐渐走向了灭绝，这真是莫大的损失。

平静的清水江，像母亲的怀抱；愤怒的清水江，像一只猛虎。五月，是平静的时光，一曲哀歌祭屈原，一场赛事纪屈原。男人们穿上白袍，在江边唱起古老的歌谣，唱腔悲凉，让人听之凄然泪下。他们一边歌唱，一边朝江中撒入粽子。祭祀完毕，龙舟比赛即将开始。一只只五彩的龙舟齐列，只等一声号令，便猛然向前冲。一个个精壮的汉子，喊着整齐的号子，伴着雷鸣的鼓声，做着统一的动作，冲向目的地。每年，龙舟比赛是清水江上雷打不动的节目，是五月的欢乐。

这时节，河流上人山人海，除了龙舟比赛，还有传统的武术比赛。武术是一门传统技艺，不但能做表演，还能实战。早年，彪悍的村民，一言不合，村与村之间就进行大战，血流成河。为了杜绝流血事件，人们经过多次协商，有了武术表演大赛。如果还不过瘾，再来一场上刀山下火海比赛。

雨季来了，清水江发怒了。沟壑里的雨水，汇集在一起，带着泥沙，进入清水江，清澈的江水变得浑浊。河水汹涌而过，冲入民居，房屋支离破碎；冲入农田，庄稼全军覆没。汹涌的河水把上游的一切物品，冲入下游。人们匆匆赶到下游，准备了铁钩，冒险抢救冲来的物品，一根树桩、一块门板，都是财富。有时还能救起被洪水冲走的人。洪水无情，人们多抢救一些东西，重建家园总会快些。

我与清水江真正接触，是在上初中的时候。一进去，我差点永远留在江中。炎热的夏季，黄昏前后，密密麻麻的人，在清水江边戏水，用清凉的河水洗去炎热。常言道欺山不欺水，清水江平静的水面下，隐藏着凶猛的巨兽。

由于河沙之中蕴含沙金，淘金者无止境地挖金，河底都是一个个深坑。当我一个猛子扎进水中，仿佛进入了深渊，找不到归来的路。生与死的考验，让我奋起上升，用尽全力，终于重见光日。河水哗哗的声音、人们的打闹声、敲打衣服声，全部回归身体。那一刻，我感觉阳光是那么迷人，世界是那么美好。有此经历后，我对清水江更加怀着敬畏之心，不敢再随意下水，只在岸边游玩。

“所谓伊人，在水一方。”我常在江边游荡，为的是多看伊人一眼。黄昏的时候，天边的晚霞倒映在江水中，把整个江面染成了金色。她每天都会来江边，赤着脚站在水中，轻轻地漂洗衣物。她是那么的纯洁，像天上的女神一样，可远观，不可亲近。那时候，我还不明白什么是爱情，就是喜欢看着她，静静地看着，直到天荒地老。她是我年少时的一段美好记忆，伴我走过许多艰难的人生岁月。

时光在流年里飞逝，岁月推动沧桑。我们渐渐长大了，清水江也变了。晚霞、孤舟遮挡不住她的黑，掩盖不住她的臭。我愿停留在清清的清水江边看日升日落，而不是在臭水沟边奔跑。

清水江啊！我的母亲河，愿你永远清澈，承载着我们一直前行。

半坡人家

我的故乡在西南大山深处，那里一座山接着一座山，仿佛永远没有尽头，很难找到一块像样的平地。人类却是充满智慧的，他们在半山腰挖出一个个窄小的平台，将一座座木屋盖在上面，面积不够的地方利用木头支撑做成吊脚楼。

这样一看，房屋好像是挂在山坡上的，层层叠叠的木屋相互依靠，形成了特有的“半坡人家”。

房屋位于半山之中，从不缺风景，郁郁葱葱的树木像一层绿色的外衣，包裹着木屋，让房屋内空气清新。半坡之上，山高崖陡，露出半片天色，若隐若现的云彩，充满了神奇韵味。

在月色阑珊之际，木屋占地势之优，先得见月，优先享受月色的温情。半坡之下，是深深的山涧，水声一年四季不绝，仿佛一曲曲交响乐，让人听之神清气爽。随着季节的变化，山野景色不断变换，让人不感到沉闷。

春天，百花忽然袭击山屋，房前屋后都是白色的梨花、紫色的紫云英、红色的桃花、金色的金银花，仿佛进入了花海之中。一群群蝴蝶，被花朵吸引，在花朵上翩翩起舞；一只只蜜蜂，歌唱着春天的乐曲，忙碌地飞来飞去，形成了一幅幅美丽的山水水墨画，让人不忍打破。夏天，阳光炙热，仿佛要刺穿大地，在厚厚的树叶遮挡下，仅剩下点点阳光丝线落在屋前，留下一片阴凉。秋天，硕果挂满枝头，无数种野果在山林之中成熟，一步一种野果，野草莓、野猕猴桃、野葡萄、野山楂等，让人能够尽情享受大自然的馈赠。冬天，寒风凛冽，在山与树的保护下，半坡人家一片安宁。

我的家就位于半坡中央，上下都是房屋，一座房屋就是一个台阶，出行不是上坡，就是下坡，对需要劳动的人们来说，增加了工作强度。但是大家从来没有觉得住在半坡不好，反而感到很幸福。因为这是先辈们与大自然战斗的成果，所以大家倍感荣幸。我对半坡有着浓烈的感情，因为这里留下了我成长的记忆。

小时候，两座房屋之间不高的台阶一向是我们的游乐场，我们从一个个台阶跳下，体会瞬间腾空的快乐。大家扮演着武侠电影中的大侠，想象自己也会轻功，能够飞来飞去。我们一边飞跳，一边配着哼哼哈哈的音乐，快乐极了。在没有台阶的陡坡上，我们放几把树叶，就能坐上天然的滑梯。我们一个接一个坐在陡坡上，然后统一喊开始，一起往下滑。由于山坡较陡，我们刚开始还能稳住身子，快到山底了，速度太快了，再也控制不住，一个个像滚葫芦一样，摔在了一起。衣服和脸上全是泥巴是常有之事，我们却一点都不在乎，爬起来又奔跑到山顶，再一次滑下。

如此一来，处于最下端的人就特别惨，所有人的重量都压在他的身上，让他几乎喘不过气来。为了公平起见，我们通过猜拳的方式，决定滑下来的顺序。我们一边滑下，一边尖叫着、大笑着，声音震耳欲聋，惊动了山林的鸟兽，吵醒了整个村庄。村里的人们听到我们的欢笑声，也露出了会心的笑容，想起了他们小时候的快乐。

山涧的溪水一向又急又快，我们站在瀑布之下，感受着水流的冲击，体会着水流的激情。山林之中还有无数野味，只要掌握方法，就能尽情捕捉山鸡和兔子，丰富着我们的味蕾。那时候，我们似乎从来不知道忧愁，半坡之上留下了我们无数的欢声笑语。

半坡上的生活是人们被逼无奈才想出来的办法。现在人们生活水平提高了，一个个到县城里买了房，再也不回来了。站在半坡上，看到的是一波碧绿的江水，让人忍不住想进入里面翻滚，但是我想到半坡人家不见了，心里不由得感到一阵阵遗憾和失望。

故乡旧俗

我的故乡在黔东南茫茫大山之中，山高路远，与外界接触的机会较少，故而保持着一些古老的习俗。这些习俗不能用科学解释，甚至有一些迷信，但是正是这些习俗，让我们一代又一代的人，在恶劣的环境下，获得精神力量繁衍下来。

一、打草标

故乡的打草标是一种约定，只有故乡的人才知道一个草标代表的真正意义。

有人的地方就会有水井，一口口水井养育了无数人，让我们能够健康生活，但是没有人的地方并不是没有水井。故乡的人们到地里干活，或者出远门，从来没有带水的习惯。口渴了的时候，随便找一个泉眼，就解决了饮水问题。但是山林之中，水质好坏很难鉴定，野兽是否饮用过，是否有细菌，喝了会不会拉肚子等，这些都不知道。这个时候，人们完全不需要担心，只需要看一看泉眼里有没有一种用芭茅草打成的“八”字形的草标，只要发现水里有草标，就可以放心地开饮。因为这是有人饮过的，完全不用担心水质问题。当然喝之前，也必须打一个草标，表示向山神讨水喝，意思是有了草标，山神就不会怪罪。

从我们村到镇上有一条弯弯曲曲的山路，至少二十里，步行需要两三个小时，一路上有三四处泉眼。每次，人们走累了，都会到泉眼边休息，然后痛饮泉水。每一个泉眼之中，都漂浮着一层草标，诉说着故乡人喝水的历史。

草标并不是只用在泉眼边，还会用在山林之中。如果人们看到一棵树上挂有草标，就表示这棵树已经被主人做了记号，有特殊用途，不能随便砍掉。每次，我们在山野里放牛，肆意破坏山林之中的树木玩闹。但当我们遇到打草标的树木，就会小心翼翼地绕开，仿佛这棵树被施了魔法，乱动就会受到魔法的攻击。

二、抢魂

我的老家远离城镇，医疗条件较差，但是病魔从不慈悲。当人们生病了，村里的赤脚医生束手无策的时候，村民们就会向神灵求救，常用的办法就是“抢魂”。

如果一个人生病了，被病魔折磨得神志不清，人们就会认为他的魂丢了，需要“抢魂”。他们请来道师，开始作法。每一个村里都会有一个道师，其实就是巫师。他们世代相传，有一套成熟的作法手段。

主人家请来道师，道师先问一下病人生病之前都到过什么地方，然后判断魂丢在哪里了。道师肯定会挑比较冷清的地方，信誓旦旦地说病人的魂丢在这里了，然后准备东西开始“抢魂”。

当夜幕降临，抢魂就开始了。本来这么热闹的事情，肯定很多人想围观，但是道师有言在先，除了帮忙的人，禁止任何人观看。如果有人不听劝说，惊走了病人的魂，后果自负。我一直对“抢魂”感兴趣，却不能旁观，感到非常遗憾。

有一次深夜，我突然发起了高烧，一直烧到三十九摄氏度，神志都已经不清楚了。这个点上，到镇上不太现实。父亲请赤脚医生看了后，没有什么效果。急乱之中的奶奶只能向神灵求救，请来了村里的道师帮忙“抢魂”。我迷迷糊糊地听到一阵敲锣打鼓的声音，然后听到一声“魂归来兮”，我的高烧竟然奇迹般退了。

第二天，我听奶奶讲起“抢魂”的经过。她说，道师问了我的生辰八字之后，就踩上高跷马，像飞起来一样，飞奔到村西的一片树林，后面敲锣打鼓和拿火把的人，根本追不上。那片树林是我们白天放牛经过的地方，比较冷清。道师在树林里转了三圈，然后朝树上一抓，说是抢到了魂，让父亲一直喊着我的名字，再一路飞奔回家，道师把手中的东西放在我头上，仪式算是完成了。

“抢魂”并没有任何科学依据，对于久病之人，却有一些心理暗示作用。毕竟，火热的“抢魂”仪式，行走如飞的高跷马，带给病人一种战胜病魔的信心。

三、走阴

“走阴”是村里神婆特有的手段。当一个人特别思念故去的亲人，就会通过神婆“走阴”，与亲人对话，缓解相思。

神婆并没有师傅传授，完全是天授之。当某一个人大病一场，或者受到特别大的打击，一夜之间，似乎获得了某种异能，对外宣称能够“走阴”。人们非常想念某位亲人，就会请神婆走阴，让神婆到阴间走一趟，带来亲人的口信。

我常常在想，神婆一定是非常聪明的人，也是非常疯狂的人。因为一个人假扮成别人，想要让别人相信，首先自己必须相信。神婆就是这样的，在宣布自己会走阴之后，就真的认为自己会“走阴”了。当有人找她走阴，问起家里情况，她模仿故去人的口吻，能够说出个一二三来。当然，村子就那么大，哪一家有什么事情，大家都心知肚明。这些不算什么本事，只要用点心思就可以掌握。但是被思念控制的人们没有能够看清楚，被神婆牵着鼻子走，以为真的与亲人对话了。所以，神婆必须非常聪明，能够察言观色，让人毫无察觉地走进她设计好的陷阱里。

“走阴”当然是一种迷信的行为，但是人们以神婆为媒介，缓解了失去亲人的伤痛，得到了心灵安慰，能够继续前行，也算是一种特殊的心灵疗法吧！现在，年轻人都不会相信这一套了，神婆当然也就没有存在的价值了，渐渐地消失在历史长河之中。

故乡三景

故乡是每一位游子最难忘记的地方，承载着我们无数的回忆。我的故乡并不是风景名胜区，没有特别出名的风景。但是，故乡的任何景色在我眼里，都是美好的。

一、乡政府

乡政府建设时间大概在二十世纪七十年代，村里是清一色的木房的时候，一座四层楼的砖房拔地而起，成为村里一道亮丽的风景线。

乡政府砖楼外墙全用打碎的石英砂粘成各种花纹，星星点点闪耀着迷人的光芒，虽深藏在一个大院子的角落里，却依然没有阻挡它大放异彩。它声名远扬，村民们到乡政府方向劳作，即使并不顺路，也要绕路过来，欣赏一下美丽的乡政府。外面有人来检查或者参观，第一站肯定是乡政府。乡政府成为我们村的标志，也成了热闹的中心。村民活动的场地都是在乡政府楼前的空地上，看电影、打腰鼓、扭秧歌，把沉寂的村庄闹活了过来。

乡政府所在地本是一处废弃之地，原来是一位大地主的居住地。乡政府左侧依然保留了大地主的部分房屋。房屋为木瓦结构，在岁月的洗礼下，木板变得黝黑黝黑，让房屋显得非常冷清。高大的柱梁全是整块整块的实木，显示着老屋曾经的辉煌。一层楼足有五米高，以及窗台上、屋檐上精美的雕花，显示着老屋曾经的奢华。这座老屋已经不再是表面上的老屋了，已经变成了一件艺术品，值得我们好好珍藏。乡政府建设的时候，村里本来打算建在老屋位置，却考虑到古迹需要保护，才移到了东侧角落里。

大地主的老屋木板厚实，空间巨大，我还曾与它近距离接触过。那时候，村里小学木质教学楼在岁月的侵蚀下，摇摇晃晃，非常危险，学校把一部分学生转到大地主的老屋上课，幽深的空间成了我们的乐园。我们在古老的木板上奔跑、跳跃，洒下了无数欢声笑语。

老屋在我们到来之后变得有了生气，一楼的地方，村里出租给开商店的人家，开起了一个小卖部。这样一来本来热闹的乡政府变得更热闹了。一群快乐的天使，把老屋闹活了过来。但是好景不长，随着时代变化，村里一座座砖房拔地而起，乡政府不再鹤立鸡群，被遗忘在时光里。现在，乡政府的大门上了锁，木屋也再次沉寂下去，静静地看日出日落。

当我们渐渐长大了，一个个离开了故乡。乡政府却一直留在我们记忆深处，永远不会忘记。它是我们童年一段美丽的记忆。

二、石板桥

我的故乡叫北岭，位于山顶之上，地势极高，却是一处世外桃源。

一条宽约一百米的水田，像一条长蛇一样蜿蜒向东蔓延，水田肥沃，让我们能够丰衣足食。村子的房屋零星地分布在水田两侧，人们往来非常麻烦，但却难不倒智慧的村民。很早的时候，水田之间就架设起用青石做的石板桥。一块块门板大的青石，一块连接一块，架在成人高的石墩上。石板桥既没有护栏，也没有雕花，却非常实用。人们能够自由通过水田，正常劳作。

第一座石板桥位于村子中部，一端连接了村小学，一端连接了村子上半部分人家。石板桥叫万盛桥，也有人叫万岁桥。不同的名字，有不同的传说故事。万盛桥说的是一个叫万盛的人发起建桥，最后桥成人殒的故事。万岁桥说的是万岁爷走过的桥，所以叫万岁桥。我更倾向于第一个传说，更加接地气，更加让人信服。毕竟万岁爷很难到我们村里去的。

青石板在我们一代代人双脚的摩擦下，变得异常光滑，像镜子一样，能够照出人的脸蛋来。下雨天的时候，我们走过石板桥，必须小心翼翼地走，不然很容易掉进水里。石板桥宽度有限，两人不能同时走过。当正好两人相对的时候，一人需要在石墩处等待，让另一人先通过。如果两个人都没有拿东西，谁先谁后，都没有问题。当农人挑着大粪的时候，我们必须让他。石板桥上的行走，无形之中教会了我们要礼让。

万盛桥下游五百米的地方是另外一座石桥，连接了村子下半部分人家与学校。石桥的材料与万盛桥材料一样，都是青石板，没有一丝缝隙。因石桥位置正好处于水流湍急之处，地势较窄，仅有三个石墩，四块石板，并没有名字。我们却并未因它没有名字就不重视它。

附近的人在石桥下拦水成塘，使其成为洗衣、洗菜的好地方，也成为我们玩水的好地方。夏天，我们放了学就跑到石桥下，开始在清凉的溪水中玩闹。上游水田之中，鱼类丰富，经常被冲到此处，我们随便用手就能抓很多。特别是一种河蚌，只有这座桥下能够见到。我们玩水的时候摸起河蚌，拿回家用开水煮开，就得到了难得的美味。蚌壳还能成为很好的过家家玩具，用来做炒菜的锅非常形象。

沿着水田再往下，过了乡政府，还有一座较长的石板桥，叫老板桥。它并不是因一位老板建造而得名，而是最老的石板桥，所以叫“老板桥”。一块块石板经过时光的洗礼，记录了先民们的足迹，见证了村庄的发展历程。

三座石板桥，是村里仅有的几件古物。中间那座石板桥，因为修公路，已经被埋在水泥之中。另外两座，自从有了公路，再也没有人行走了，光滑的石板上渐渐长出了绿色的苔藓。

时光流逝，石板桥渐渐地退出了历史舞台，但是它所做出的贡献，我们绝对不能忘记。它是历史的见证者，是我们心中最美的风景。

三、蛤蟆岩

蛤蟆岩是一块长得像蛤蟆一样的巨石，伫立在村子旁边的半山腰上。蛤蟆岩非常巨大，上面站上七八个人都没有问题。

蛤蟆岩正对着清水江，站在蛤蟆岩上能够看到一条青龙向东而去。翻转的浪花，星点般的渔船，像一幅水墨画一样，让人想把它刻画下来，小心收藏。清水江的对岸，是高高的山坡，山坡之上零星的人家，像星星一样嵌刻在绿色之中。蛤蟆岩附近，是一层层梯田，自山脚下，一层接一层，直铺到山顶。蛤蟆岩所在之处，从来不缺风景。

农人们像神奇的马良一样，用汗水在田地里挥洒，让这里四季景色轮换。春天，金色的油菜花，一浪高过一浪，几乎把蛤蟆岩染成了金色；夏天，青色的稻子，绿意逼人，青色的蛤蟆岩似乎更绿了；秋天，金黄的颜色照亮大地，把整个天地都变成了一片金色；冬天，蛤蟆岩显示出青色的本色，向世人展露出傲人的身姿。

蛤蟆岩是我们玩乐的好去处，我们把牛群赶入山林之后，就会在蛤蟆岩上聚集。大家一起玩猜谜、玩过家家，在蛤蟆岩上爬上爬下。我们一点也没有感到蛤蟆岩丑陋吓人，反而觉得很亲切。它像一位守护者一样守护着我们，让我们感到亲近。

随着岁月前行，我们渐渐长大，许多人离开村子外出，一片片农田荒芜。蛤蟆岩依然不为所动，默默地卧在山坡上，静静地看着清水江流淌。

故乡的山川

“山不在高，有仙则名。水不在深，有龙则灵。”我一直认为故乡的山川是有灵魂、有思想的。它们能够分辨好与坏，并迅速做出反应。

一、光光坡

光光坡在我们村的西面，没有什么树木，只有一片光光的山头，因而得名。据说，光光坡以前可不是这样的，曾经古树参天，几乎遮挡住了整个天空。但是后来因为炼铁，需要大量树木作为燃料，一棵棵古树倒于刀斧之下，山头变得光秃秃的。

没有了树木的光光坡，了无生趣。人们站在山头上能够看到很远很远的地方，能够看到对面山头上的人和牛。这让人们找到了新的乐趣。两个不同地方的人隔空相遇，瞬间擦出了激烈的火花。双方都想掂量掂量对方有几斤几两。这时候，嗓门大的人派上了用场。一方派出一名大嗓门，约定规矩斗歌。

苗家人生来似乎就会唱歌和跳舞，一曲曲山歌，不需要配乐，不需要谱曲，从苗家小伙和姑娘口中徐徐流出，像清泉一样动听。双方你来我往，山间瞬间变得热闹非凡。

每天，村里的年轻男女都会站在山顶与对面的人对歌，直到一方认输才罢休。比赛成为人们生活的一部分，直到树木再次长起来，看不到对面为止。

后来，村里的人们终于意识到光光坡像村庄的一道伤疤，非常丑陋，所以开始植树造林。经过人们多年努力，光光坡开始慢慢地变绿，渐渐地遮挡住了视线，再也看不见对面了。虽然光光坡的名字没有变，形象却大变样。它不再孤单寂寞，无数绿色围绕着它，让它变得秀气多了。

自从光光坡长满了树木，各种各样的野果挂满山头。野梨、野葡萄、野猕猴桃、野桃子等，你方唱罢，我又登场。野果飘香的山林，成为小孩子的乐园，我们在山林之中奔跑、打滚。山林还有更加令人惊喜的东西，一朵朵蘑菇生长在树林之中，静静地等待着我们去采摘。

大山有魂，它们知道谁好谁坏。人类尊敬它们，所以它们用真诚回馈人类。

二、草草岭

草草岭在光光坡的对面，与光光坡唯一的区别是长满了小草。这里一年四季都绿油油一片，曾经是我们的乐园。

小时候，我与小伙伴们的主要任务是放牛，有草的草草岭当然是牛儿最喜欢的地方了。大家把牛赶过去，就可以在草地上撒野了，不管是玩老鹰抓小鸡的游戏，还是你追我逃的游戏，草草岭都能满足我们的要求。

“地无三尺平”的云贵高原上，难得有一片平地，而且是没有种植庄稼的草地。草草岭因为土地太贫瘠，无法种庄稼。不然，勤劳的人们怎么舍得这么一大片地空着呢？

草草岭上的草都是低矮的马鞭草，非常适合在上面奔跑和翻跟头。当然也适合踢足球，比绿茵场还要适合。我们把所有的游戏都搬到了这里，洒下一地欢乐。

随着岁月前行，大家渐渐长大，简单的乐趣已经难以满足我们。草草岭渐渐地离开了我们的视线，成为记忆里的一个符号。但是，无论我们离开故乡多远，时间过了多久，只要想起那一片草地，心里就会感到一阵温暖。

三、大观脑

大观脑是我们村最高的山峰，直耸入云。大观脑也是村庄的界线，过了大观脑，就可以看到外面的世界。我们年少的时候，最喜欢做的事情，就是站在大观脑上吹风，朝着外面的世界大喊，希望外面的人能够听到我们的声音，从而关注我们。

大观脑远处是我们的母亲河——清水江。它自都匀流出，一直流入沅江。远远看去，清水江像一条绿龙，蜿蜒向东流淌。夕阳西下的时候，我们能够看到“一道残阳铺水中，半江瑟瑟半江红”的景况。打鱼归来的渔船，一字排开，缓缓前进。一幅美丽绝伦的画面展现在眼前，让我们心旷神怡。如果我们会作诗的话，可以作出好几首来。

那时，人们外出全靠水路，一声声号子曾响彻山谷，无数汗水洒入河水之中。清水江上船只上上下下，成为我们谈论的话题。我们猜测着船只的目的地和船只上装着什么货物，还有船只上坐着什么人。我们一直非常遗憾，只能远距离观望清水江，却不能亲近它，但是这不影响我们对它的喜爱。它就是我们心中的女神。

大观脑是一道屏障，阻挡了外面世界的风雨，让我们能在里面安静地生活。大观脑是一道门，为我们打开了外面的世界，让我们不再是井底之蛙。

大观脑是雄伟的，像父亲一样守护着我们。即使我们一个个离开故乡，它依然默默地守护着村庄。

皎皎故乡月

今夜的月很圆，也很明亮，月光照耀在大地上，把整个天地都染成了银色。沐浴在月色中，我抬头望月，仿佛看到了遥远的故乡，月亮高悬，比此地的更圆更亮。

我的故乡在云贵高原，地势较高，所以先得见月。皎皎明月，洒下一地清辉，蹚过溪流，把溪流变成了银河，像给游荡的鱼儿披上了银袍；扫过山谷，像推开了山神神秘的大门，探寻谷中的神奇；飘过树梢，星星点点的光线，装饰了小草的梦境。

月光如练，柔和静怡，像一名安静的女子。洁白的月光下，显示出世间的一切罪恶，让做坏事之人无处可藏。奶奶常说，人在做，天在看，说的就是月亮在看。小时候，我不愿吃东西，奶奶说，月姑娘在看着呢，我急忙大口大口地吃了起来；我不愿睡觉，奶奶说，月姑娘在看着呢，我赶忙爬上床。

传说，月明的夜晚，山野深处，修炼成精的狐仙对月呼吸，吸收月亮精华，淬炼自身。狐仙神通广大，能够幻化人形，喜欢惩恶扬善，村民多有祭拜，称她们为老仙。但是她们为了解闷，也喜欢捉弄人。所以太阳下山之后，人们非常害怕到野外去。

年少的时候，我主要的任务是放牛，早上把牛放入山林之中吃草，晚上再把牛牵回来。每天放学后，我赶到特定的地方，就能找到牛。但是有一次，牛被嫩草诱惑，走过了头，我到了地方，却找不到它。那时，天已经黑了，月亮升了起来，整个天地像白昼一样。我却想起了狐仙的传说，害怕得哭了起来。牛是一家人的生存之本，也是主要的财富，没有牛，我不知道回家如何交代。我哭够了，朝着牛可能去的方向，一处处找下去。月亮似有无穷的魔力，我走，它也走，我停，它也停。我走两步，就要回头看一下，总担心狐仙出来捉弄我。在月光的照耀下，我经过了半夜的折腾，终于找到了牛。妈妈急得像热锅上的蚂蚁一样，已经找了我很久，见到我，大骂了一顿："牛丢了还可以买，人丢了日子怎么过啊！"后来，我知道了世界上并没有什么狐仙，为此心里还有一点遗憾。

月亮照亮了大地，照亮了我们的生活。妈妈经常在月亮的光辉下忙碌着农活。爸爸长年外出务工，家里农活全靠妈妈一双手，根本忙不过来。无论是新月，还是圆月，都曾照耀过妈妈的身影，照亮了她的前路。

"人有悲欢离合，月有阴晴圆缺，此事古难全。"妈妈很思念爸爸，需要他宽广的肩膀安慰，但是为了生活，两人天各一方。妈妈心中很苦闷，不但农活忙不完，还要照顾我们三姐弟和年老的奶奶。在温暖的月光下，妈妈向月亮诉说心事，心情因此得到了释放，渐渐开朗了起来。有时候，她在无人的山头，还哼唱着"月亮走，我也走……"的歌曲。

八月十五中秋节是团圆的日子，在这一天，爸爸无论多忙都会赶回家。他会给我们带来月亮的礼物——月饼。每次我们拿到香醇的月饼，就想马上吃掉它。妈妈此时会告诉我们，要先祭拜月亮才能吃。月亮在这一天，仿佛要精心打扮一番，姗姗来迟。我们不时地跑到外面察看一下，月亮出来了没有，又跑回来，死死盯着属于自己的那一份月饼。并不是每一年的中秋节都有月亮，但这却不影响我们对它的崇拜，每次祭拜一番后，才开始吃月饼。

正常出现的月亮真圆啊！像一个银盘挂在天际。人们仿佛能看见月亮上的山川和宫殿，也能看见模模糊糊的人影，也许是嫦娥，也许是吴刚。祭拜完月亮后，我们就迫不及待地开始吃月饼了。爸爸妈妈总是微笑地看着我们三姐弟狼吞虎咽。那时候，日子过得紧巴巴的，没有什么零食，我们很快就把自己的那一份月饼吃完了，然后盯上了爸爸妈妈的月饼，从来不知道爸爸妈妈的辛苦，一年到头都没有吃过好东西。看到我们期盼的眼神，爸爸妈妈没有犹豫，把月饼平均分给了我们三人。

皎洁的月光，也曾照亮我的前路，我外出求学的路，总在月色之中前行。上高中的时候，星期五下午，我从县城赶回家，在星期天的早上带上大米和钱，赶回学校。为了赶早上的补课，月亮还未下山，我已经踏着月色出发。妈妈会送我到大路，让我叫上同村的小伙伴同行，然后转身回去。有时候，小伙伴没有回家，我一个人在月色下前行，却从来也没有害怕。如此明月照耀着我，还有什么好害怕的呢？一年一年，时间悄悄溜走，月亮似乎没有变化，而我们渐渐长大，一个个走出了家乡。

雏鹰离开了雄鹰的翅膀，才能飞得更高；小树离开了大树的怀抱，才能长得更高；人离开了家的港湾，才能走得更远。我离开家后，天还是同一片天，月亮还是同一个月亮，但是总感觉故乡的月亮更圆、更美丽。

故乡的月色是多么纯洁、多么美丽啊！我愿意一直沐浴在这样的月色之中，静静享受月色的温柔。

一条沿河而生的老街

古旧的墙壁，雕镂的窗户，精美的屋檐，一座座古色古香的木楼，屋挨着屋，瓦连着瓦，一直延伸至江边，这就是故乡的老街，朴素，古旧，令人怀念。陌生人闯入其中，仿佛回到了遥远的古代。

老街依河而生，边上的清水江一直静静地向东流淌，经过沅水，最后流入洞庭湖。在老街常住的人，经常听到哗哗的河水声，来来往往的船鸣声，水手们的号子声。这些声音已经成为他们身体的一部分，他们一刻没有听到它们，就感觉浑身不自在。

在陆路交通不发达的年代，人们外出全靠清水江，江上来来往往的船只，把里面的农产品运出去，再把外面的物资运进来。每一次船只到来的时候，码头上人山人海，下货的工人，进货的商人，远行的游子，三教九流的人都聚集在这里。

老街经历了无数风雨，依然静静地伫立在天空下，看尽沧海桑田，世间变化。老街房屋为木质材料，非常容易着火，一烧就是一大片；老街离河太近，下暴雨的时候，经常被凶猛的洪水淹没。

人类从第一次认识火、使用火以后，就再也离不开火，但火却是无情的，一点小疏忽，就会酿成大错。老街的木房，屋挨着屋，一家着火，一大片都会烧着。寒冷的冬季，老街的人们都躲在家里烤炭火，而火盆就是带来火灾的罪魁祸首，一丁点炭火掉落在木板上，星火燎原，整座房屋都会燃烧起来，不大一会儿，整条街都会燃烧起来。

洪水似凶猛的野兽，无论谁挡住它们的路，都将被冲得支离破碎。老街离河太近，一般的大水，就会淹到家门口。那一年，我还没有出生，天仿佛破了一个大洞，大雨倾盆而下，日夜不停，百年难遇的洪水来临，清水江一夜之间河水暴涨，汹涌的河水横冲直闯，老街的人们只能从睡梦中逃出。浑浊的洪水，带走了老街所有房屋，老街的人们站在高处，眼睁睁看着家园消失。洪水退后，老街的人们吸取了教训，把房屋往高处迁移，重新建起了老街。

老街经历了水火再次重建，房屋变成了简易的木楼，看不到雕镂的窗户、精美的屋檐了。现代的木匠难以雕刻如此精美的图案，这是一项莫大的损失，古老的木屋雕刻艺术有多少先人的心血啊！

清晨，沙沙沙……扫大街的声音，把整条老街都叫醒了。一户户人家打开了门，人们舀一勺水，站在门前，一边刷牙，一边与邻居打着招呼，洗好脸，吃过早饭，该上班的匆匆上班去了，自主经营的人也开始忙碌了起来。打鱼的人家，准备好干粮、渔网，驾着船只到河流深处，开始一天的捕鱼；铁匠铺铿锵声中，一件件农具在铁匠师傅的手中成型，“嗞”的一声，变成了成品；米粉店在蒸气弥漫的水汽中开工，等待着放学的学生、下班的工人。

老街不长，街坊邻居都熟悉了，有什么事情，都会自发帮忙，而不计较得失。老街上谁家有老人过世，或者有人结婚，人们会搬来自家的锅、自家的桌子板凳，把红白喜事办得像模像样。

老街上有一名智障者，不会说话，只会“格拉……格拉……”大家称他为格拉拉，他的家在老街上，没有家人。他是吃老街上百家饭长大的，现在也一直吃百家饭活着，无论他走到哪家，这家人都会给他端一大碗饭，从来不会饿着他。而且老街上的人们，也没有让他像流浪汉一样，穿得又脏又破，过一段时间，街上的老人就会帮他洗澡，帮他换上干净的衣服。经过老街的人只是看到一个双眼无神的人在老街上游荡，而看不出来这是一个智障者，还以为这个人在沉思呢。

我上初中的时候，在老街白姑家住了三年，老街上的人一点都不认生，很友好，看到我在他们家门口玩，就给我零食吃；做冰棍的人家，还请我吃冰棍。有时候，我实在不好意思，就帮他们干活，看到邻居有重物搬不动的时候，赶忙上去搭把手。在老街的日子里，我第一次离开父母，来到镇上求学，对于我来说，异常害怕，异常想家。但是亲切的老街让我感到特别温暖。

在老街住时，我才十三四岁，正是贪玩的年纪，老街同一年龄段的小孩没有排外，经常带我一起玩，夏天是我们最欢乐的时节。

炎热的夏季，无论藏在多阴凉的地方，汗水都会似雨一样往下淌，如此天气里，清凉的河水成了我们的乐园。清水江河面宽广，河流奔流不息，但是在老街边上这一段河流，像一名温柔的女子，很安静。周围的人们都会聚集在这里，男人们光着上身仅穿着泳裤，小孩子们干脆光着身子，女人们也穿着泳衣泳裤，在河水里嬉戏。

黄昏的时候，老街的人们，无论大人小孩、男人女人，都会到河边“泡澡”，河里全是人，像一个个萝卜一样，插在水中。每天一放学，我们把书包一扔，就冲进了河里，惬意地享受河水的清凉，在水中打水仗，比赛谁潜水潜得久，一直玩到太阳下了山，才依依不舍地离去。

随着社会的发展，一条新的街道，从老街前面，一直向前延伸，一片片水泥砖瓦房子建了起来，街道也是水泥铺成的，很宽广。有了新街，人们很少去老街了，老街像被遗弃的玩具。为了适应时代潮流，老街必须做一些改变。时光飞转，多年以后，当我再次站在老街上，老街发生了很大变化，路面拓宽了，变成水泥结构，房屋变成了砖瓦结构，我几乎认不出来了。

但是老街上人们温暖的微笑，让我感觉到老街还没有变。无论老街面貌怎么变，里面的人情味没有变，老街就还是原来的老街。

第二辑　少年不知愁滋味

记忆深处的乐园

故乡的老屋，已经摇摇欲坠，蛛网密布，院子里杂草丛生，成了鸟类和鼠类的天堂。老屋曾经是我们姐弟三人的乐园，我们的欢声笑语充满了整个屋子。

老屋并没有特别的地方，是南方农村常见的建筑物。南方气候潮湿，特别是梅雨时节，雨连绵不绝，而木屋吸收水分能力较强，甚得人们的喜爱。粗大的圆形杉木做成四四方方的框架，框架之间填充木板，没有精巧的结构，没有雕镂的花纹，屋顶再铺上一片片陶瓷瓦片，一座木屋就建好了。

木屋防潮效果好，缺点也很多。木屋怕火，一丁点火星沾上，就会变成一场灾难。为了抵抗岁月的侵蚀，木屋外表都会用桐油反复刷过，而桐油特别容易着火。我们村没有特别古老的木屋，就是因为古老的木屋都被大火烧毁在历史长河中了。那些美轮美奂的雕刻，一点也没有保存下来，这是一桩不小的遗憾。木屋不隔音，楼顶老鼠跑动、邻居悄悄话、夫妻夜语、小孩哭声，都透过薄薄的木板清晰地传入人们耳中。一个从来没有住过木屋的人，面对如此嘈杂的声音，肯定会被逼疯；而常住在木屋的人们，早就习以为常。

我家老屋在我们三姐弟出生的时候，已经经历了半个世纪时光，瓦片变得残缺，柱子变得腐朽，老屋像一个老人，垂垂老矣，没有一点活力。我们三姐弟到来后，老屋焕发出了新的生机。我们的叫声、哭声、笑声，让老屋变得热闹了起来。

老屋位于村子中间，坐北朝南，没有单独的院子，前后都有房屋，被夹在中间，光线略显不足，却不影响生活，因为阳光无处不在。老屋两侧是农田，田边长满了树木，从不缺少绿色。当春天来临时，芭蕉叶变绿了，楠竹叶变得更青了，无数绿色朝老屋直逼过来，一些小草甚至从屋檐下冒出。百花盛开的时候，各种各样的花朵争奇斗艳。黄色的梦花，是春口的第一枝花，叶还没有来得及张开，它们就迫不及待地开放了；牵牛花张牙舞爪地趴在破碗花树上，咧开嘴笑着；破碗花像碗一样的花，也开放了，两种花近距离斗着，看谁更艳丽。当然鸟儿也不会落后，南归的燕子，占据老屋的屋檐，叽叽喳喳地开始建造巢穴；喜鹊在屋顶上跳来跳去，给人们带来美好的问候；麻雀在房前屋后，与鸡鸭争食。

小时候，我们姐弟三人在村子里同年龄段年纪最大，理所当然的是孩子王，所有小伙伴都喜欢到我们家玩。我们放学后，都在老屋边玩闹，采摘美丽的花朵，追赶麻雀，逗弄燕子，坐木头车，捉迷藏，荡秋千，抓鱼。我们的欢笑声、打闹声，把整个村子都闹活了。

我最喜欢玩的游戏是捉迷藏，通过猜拳的方式，选定一个人找，其他人藏。门背后、床底下、柴火堆里、高高的梁木上，都是我的藏身之地。我对老屋太熟悉，随便找一个地方藏起来，不提醒他们，永远也别想找到。一次，我藏在老屋主梁上，宽大的梁木，把我瘦小的身子完全遮挡住，寻找的人在下面走了一圈又一圈，我们如此之近，他却不知道我就在他头顶，我忍不住想笑，最后笑出了声，才被他发现。我们玩捉迷藏是安全的，因为我们对老屋很熟悉，知道一些危险的地方绝对不能进入。下雨天，我们也乐此不疲地在老屋玩捉迷藏，一直到初中毕业后，大家陆续上了高中，才不再玩。

老屋西侧有一斜坡，从上往下约五十米，一直缓缓而下，这里经常被我们男孩子霸占。我们制作了一种简易的木头车，一块木板装上四个齿轮，从上往下滑。那时候，我最大的梦想就是拥有一辆简易木头车。但是齿轮很难得到，必须等家里机器坏了，换了新的齿轮，我们才能用旧的齿轮做木头车。我家有一台柴油机和一台打米机，里面都有我需要的齿轮。虽然它们被维修了很多次，但是都不是齿轮坏了。我的愿望也就一直不能实现，只能可怜巴巴地求小伙伴们，他们玩累了给我玩 玩。这个斜坡被我们磨来磨去，变得光滑可鉴，熠熠生辉。

在冬日里，这里又是另外一番风景，特别是一场雪，或者一场冻雨后，在斜坡上滑行，再也不需要木头车，一块木板就能滑下去。我特别盼望这样的日子到来，就可以在上面不停地滑动，弥补前面滑得少的遗憾。

斜坡边有一棵古树，树大且直，是一棵鸡爪糖树。鸡爪糖树因果实长得似鸡爪而得名。遮天盖地的树枝，遮挡住老屋的半边天空。古树一直矗立在那里，静静地看着我们玩闹；飞来飞去的鸟儿，叽叽喳喳为我们伴奏；飘落的叶片，为我们舞蹈。我与小伙伴们曾多次尝试爬上古树，都失败了。树干太粗大，我们的小手完全没有地方着力，以至于在鸡爪糖果成熟之时，我们只能眼巴巴地等待着它们掉落，才能品尝到美味的鸡爪糖果。

紧挨鸡爪糖树边长了几棵葡萄藤，它们缠绕着老树而上，葡萄藤条有大人手臂粗。葡萄藤以鸡爪糖树为后盾，在高大的树上逍遥地开花、结果，我们只能看着吞口水。但是柔软的藤条却跑不掉，被我们当作荡秋千的工具。小伙伴们轮流坐，你坐我推，你推我坐，一次次飞上飞下，刺激程度不亚于坐过山车。大家尖叫着、争抢着，反而忘记了可口的葡萄。

斜坡之下是一条小溪，冰凉的溪水可以消除酷暑的炎热，溪水旁是避暑的好去处。小溪是村里水田灌溉的水源，溪水很浅，很安全，大人们没有限制我们进入。整个夏天，我们几乎泡在水中，一个个晒得黑不溜秋。而在溪里抓鱼，更让我们乐开了怀。

我们把溪水在上游分流，然后倒入“油茶渣”。这种纯天然的药剂，比农药还有效果，一倒下去之后，整条溪流中的鱼，都变得晕乎乎，使劲从水中伸出头呼吸空气，大家各自使出看家本领尽情抓。“油茶渣”并不能毒死鱼，只是将它闷晕，鱼源不会断绝。一个夏天，我们要抓好几次鱼。溪水里其实没有什么大鱼，都是一些泥鳅、小溪鱼，我们不在意收获如何，享受的是抓鱼的乐趣。每次抓鱼的时候，村里的男女老少都会参加，有的拿着撮箕，有的拿着渔网，弓着腰在溪水中寻找鱼儿。大家都忘记了酷夏的炎热，度过了一个个愉快的夏日。

老屋、古树、小溪，承载了我童年时代所有的快乐时光，留下了我太多美好的记忆，见证了我的成长，是我心中的乐园。随着我们一个个离开，它变得很孤寂。我多么想一直陪着它啊！陪伴它慢慢老去。

钓蜂往事

蜜蜂采集的百花蜜，不但好吃，而且功效很多，具有促消化、养颜、抗衰老等作用，一向受人们喜爱。虽然人类很早就开始养蜂，但是家养的蜂只是蜜蜂大军中很小的一部分，大部分的蜜蜂还在野外。野外蜜蜂的蜂巢，一般藏在深深的泥土里面，很难发现。为了吃到甜蜜的花蜜，我们经过千百次摸索之后，终于掌握了找到蜂巢的办法——钓蜂。

秋收过后，稻谷已收割，空荡荡的田野，视线变得非常好，蜂蜜也到了收获的时候，这时候最适合钓蜂。小时候，钓蜂是我与小伙伴们最喜欢的活动之一。钓蜂与钓鱼一样，也需要饵，把一块肉切成细条状，像穿羊肉一样穿在长长的竹竿上，放在空旷的地方。不一会儿，苍蝇来了，黄蜂来了，最后蜜蜂也来了，我们的目标就是蜜蜂。

这时节，正是蜜蜂哺育下一代，急需要营养的时候，肉类当然是首选。一只只小蜜蜂，向竹竿上的肉丝发起了冲锋，两只翅膀使劲儿扇，六只小腿使劲儿蹬，不停地撕咬，连吃奶的劲儿都用上了，终于咬下一小块，欢喜地带回蜂巢。我们只要跟踪小蜜蜂，就可以找到蜂巢。不过，我们要跟上如此小的蜜蜂，得手巧，眼神好。

当蜜蜂在使劲儿咬肉的时候，我们就该出马了，把轻而薄的白色宣纸剪成细条状，前面搓成绳子，做成一个活套绑在蜜蜂小小的身上。如此小的蜜蜂，要绑上一张小纸片，手要相当灵巧，笨手笨脚的人干不了这活。小纸片绑上了，并不代表成功，有些小蜜蜂很聪明，当它们发现了小纸片，就会飞到树枝上使劲摩擦，把纸片磨掉。没有纸片，我们就无法跟踪。经过上百次失败后，我们绑上了小纸片的小蜜蜂终于往蜂巢方向飞去，接下来就需要好的眼神。

那时候，没有望远镜，我们追踪小蜜蜂，全靠眼睛。四五个小伙伴分工合作，除了绑纸片的人外，其余几人，早已经在视野较好的地方，等待着小蜜蜂飞过，一路跟随，直到找到它们的巢穴。蜜蜂飞呀飞，飞过了高山，飞过了河流，飞进了树林。我们追呀追，仰着头眼睛一眨不眨地盯着白色小纸片，生怕一眨眼，小纸片就找不着了。我们大呼小叫地在地上奔跑，小伙伴之间还比赛谁跑得最快，不时地你推我一下，我推你一下，吵闹声和打闹声让小蜜蜂发现了我们的意图，不再往蜂巢方向飞，带着我们转圈圈，转了一圈又一圈，把我们累得直喘气，不得不放弃这一只，重新开始。如此反复，终于我们成功地找到一个蜂巢，欢喜得又跳又叫。这是一场胜利，是我们与蜜蜂大战的胜利。

我们找到了蜂巢，就可以动手取蜂蜜了，这是非常危险的事情。我对钓蜂很热情，对于取蜂蜜，却很害怕，这缘于我被蜜蜂狠狠地蜇过一次。

在一个烟雨朦胧的星期天，那时，我还没有学会钓蜂，牵着老水牛在田边吃草。一个不高的田坎上，不时地有蜜蜂飞进飞出，我很好奇，跑过去一看，一个小指大的小孔，蜜蜂从里面不停地进进出出。我还是第一次这么近距离地看到蜜蜂的巢穴，于是就想，把它们的洞堵住会怎么样，说干就干。田地里有的是湿泥巴，我随便抓上一把，捏两捏，软软的泥巴，黏性十足，一小撮就把小孔堵得死死的。我很得意，看吧！蜂巢里的蜜蜂出不来，外面的蜜蜂进不去，都在四处打转。真的太有意思了。可惜没有人与我分享这份喜悦，老牛才不会搭理我，只顾着低头吃草。

嗡嗡嗡……突然，一阵蜂鸣声响起，我与老水牛被蜂群包围了。蜂群像疯了一样朝我们扑过来，老水牛很没有义气，一蹶蹄子逃上了山。我慌乱地逃跑，却没有选对方向，朝空旷的田野奔跑。人力终有穷，翅膀就是优势，不大一会儿，我的全身上下都是密密麻麻的蜜蜂，一只只蜜蜂都不要命了，拼命地蜇我。刺骨的痛使我不停地在地上打滚儿，多么希望那一刻晕过去，心里非常后悔堵住蜜蜂的路。原来，我堵住的孔不是蜜蜂唯一的出路，另外一面还有一个孔。

蜜蜂蜇人后，就会死去。它们平常不会蜇人，真的惹怒了它们，才蜇人。虽然蜜蜂的毒针毒性不是很强，但是众多的毒针刺入身体，我很快就变成了一个胖子，整整大了一圈。那天，父母正好不在家。我求救无门，只能硬挨。大我两岁的姐姐也没有好办法，只能靠土办法和土方子帮我解毒，用新鲜的枫树叶子泡水给我洗澡，还准备了家乡一带的土方子——马尿。据说被马蜂蜇了，喝了马尿也可以解毒。我宁死不喝，也躲过了一劫。枫树叶子解毒效果很好，洗了几次，我身上的毒性渐渐平稳下来。

第二天，我好了以后，与父亲一起挖开了田间的蜂巢，取出了蜂蜜。从蜂巢里取蜂蜜也要有技巧，不然，也会像我一样惨。我们把蜂巢挖开一道口子后，再把准备好的干稻草点燃，浓厚的烟雾吹入蜜蜂巢穴，一只只蜜蜂都被熏得晕头转向，这样就可以顺利取走蜂蜜，而且不伤害蜂群。本来，我想用明火把蜂巢里的蜜蜂全部杀死，以报被蜇之仇。父亲却拦住了我，语重心长地告诉我："我们挖开蜂巢取走蜂蜜已经很过分了，凡事应该留一丝余地，得饶人处且饶人。"

后来，我与小伙伴们钓蜂找到蜂巢，取蜂蜜的时候，也尽量避免伤害蜜蜂，还留一些蜂蜜给蜜蜂生存。在我的人生路上，我一直谨记父亲的这句话。它让我少了许多磨难，多了许多朋友。

骑竹马

“郎骑竹马来，绕床弄青梅。同居长干里，两小无嫌猜。”时光回转，回到我的童年。一人一根竹子，当马骑在胯下，打马加鞭，在村子里穿行，欢闹着、嬉戏着。

骑竹马源于古代战争频发，烽烟四起，男孩到了十三岁，就必须上战场。男孩们需要先学习本领，而骑竹马模仿战马奔跑，就是学习本领的伊始，在欢乐之中扮演着不同的角色，有的当士兵，有的当将军，把战争场景还原，让残酷变成欢乐。当战争年代远去，骑竹马却流传了下来。

驾驾驾……我与小伙伴们，经常骑着竹马，在村子里欢快地奔走，把整个村子变得烟尘弥漫，充满了欢声笑语。一声声吆喝中，我们相互较量，比赛谁是真正的王者，胜利者将成为新首领。大家必须听从首领安排，让干什么就干什么。一起玩闹的都是同岁男孩，身高差不多，体能也差不多，想要胜出只能从技巧上想办法。我们在奔跑的过程中，利用各种方法，阻挡别人前进，直到自己胜出。胜出者扬扬得意，落败者垂头丧气。孩子们心眼儿都很窄，一场骑竹马的失败，仿佛失去了整个世界一样。烟尘之中，我们渐渐长大。骑竹马成了一段弥足珍贵的记忆，留在记忆深处，我每次想起时，心里都充满了快乐。

在我的老家骑竹马还有另外一种玩法，又叫踩高脚马。

高脚马一般用竹子做成。在两根长竹上，分别做一个横阶，双脚踩在上面，前后走动，人像长高了一截，因而叫踩高脚马。横阶离地面距离越远，难度越大，技术要求也越高。

以前，人们相信人有灵魂。一个人突然变得无精打采，却又查不出什么病，就会被认为是魂丢了，需要请道师进行“抢魂”。道师一定是踩高脚马的高手，锣鼓一响，踩着高脚马的道师，像骑着真马一样，来去如风，瞬间到达抢魂地点，抓一样活物马上带回来（活物代表丢掉的魂）。道师踩高脚马的技艺高超，很有视觉冲击力。病人惊叹他们的神奇，认为他们真的把魂抢了回来，病渐渐好了起来。其实人体本身携带着抵抗病毒的抗体，生病的时候，抗体一直在与病毒做斗争，而抢魂活动给予病人一种信心。于是，抗体战胜了病毒，病渐渐好了起来。

随着时代变迁，人们不再相信抢魂，高脚马渐渐成了孩童的玩具。高脚马对于小孩子来说，踩上去是一场挑战，就如学骑自行车一样，不摔几次，是学不会的。我们刚开始踩的高脚马，要矮一些，从最低阶段学起，从距地面十厘米开始。我十二岁的时候，开始学踩高脚马。爸爸只告诉我方法，任我摔倒、爬起。爸爸对我说，许多事情，必须亲身经历过了，才能记忆深刻。他只是一名领路人，不可能一辈子陪着我。当时，我并不理解爸爸的话，还觉得他太狠心，利用大道理做挡箭牌。当爸爸老去，我渐渐长大，终于懂得了他的苦心。每个人的人生路都是独一无二的，没有谁能帮他走过。

一次次跌倒，一次次爬起，我才真正站在高脚马上，但是要让高脚马变成身体的一部分，任意奔跑，还有很长的路要走。我与小伙伴们不再比谁跑得快，而是比谁踩的高脚马高，谁走得最稳。当我真正能够行走如飞时，我已经上高中了。高脚马伴我走过了童年岁月，我们踩着高脚马，爬上小山坡，蹚过小溪，穿过田野。咚咚的高脚马，丰富了我们的童年生活，让我们的童年充满了快乐。

后来，高脚马还成为一项体育运动，湖南吉首举行少数民族运动会的时候，就有高脚马比赛项目。体委会还专门为高脚马编写了详细的比赛规则。运动员可以比谁跑得快，也可以比对抗。儿时的玩具，成为一种运动项目，我们感到特别高兴，只恨不能亲自参加比赛。

骑竹马是一段难忘的童年记忆，每次想起，我又似回到了童年时代，多么无忧无虑的岁月啊！我愿意一直停留在那个年代。骑竹马也让我懂得了人生路上跌倒几次，根本算不了什么，哭过、笑过，才是真正的人生。

杨梅红了

端午节后，杨梅开始红了，像一个个晶莹的宝石挂在枝头，诱惑着人们的味蕾。

杨梅红了后，几场风雨，将落地成泥，所以品尝杨梅要抓紧，过了这场盛会，又要等到明年。可爱的杨梅啊！我多么喜欢你，可以不吃饭，绝不能不吃你。牙齿酸得连豆腐都咬不动了，我还不停地吃，仿佛明天杨梅就要灭绝了，今天一定要吃过瘾，不留下遗憾。

难得天气好，我与妻子带着女儿，准备爬一爬小区对面的景山公园。景山公园是温州市的一大特色，为了给人们留下一片绿色，这座位于城中的山，被原样保留了下来。山是原来的山，树是原来的树，建筑是原来的建筑，一片原生态景色。

从山底到达半山腰，有一个平台，一座寺庙在树木之中若隐若现，红墙黑瓦，一派祥和。袅袅的烟雾，弥漫在寺庙四周，一派静穆。暮鼓晨钟之中，僧人没有远离城市，却与红尘划分了界限，修身问佛，心灵已抵达大光明世界。我只在庙前站了一小会儿，感觉心情瞬间平静了许多。庙前有一条小路，通往山的另一边，正是我们的目的地，山上的动物园。

这是一条山间小路，两侧长满了各种各样的树木，有樟树、水杉、梧桐、杨梅等。郁郁葱葱的树木，枝叶横伸，把小路笼罩在其中，人们走在其中能够近距离感受葱茏的绿色；低矮的小草围绕小路两侧生长，把小路变得很窄很窄，人们走在其中，仿佛走进了乡间小路，使人们产生了回到了乡下的错觉。市区的人们都喜欢往这里跑，欣赏自然风光，感受泥土气息，释放心中压力。特别是周末，景山公园变得热闹非凡，许多人都是一大家子过来爬景山，不但能够锻炼身体，而且能够感受大自然的气息。

我们一边走，一边讨论着杨梅熟了，哪里的杨梅好吃。我抬头张望，不经意看到了它们，红彤彤的，正朝我微笑。真是难得，这里居然有杨梅树，且还不少，藏于树林之中。杨梅树已经有人爬过的痕迹，我也就不客气了，一口气爬上了树，挑选红了的杨梅，迫不及待地往嘴巴里送。一股久违的味道袭击了我的味蕾，打开了我久违的记忆。

我的故乡，杨梅树很多，都是野生杨梅。田边、路边、房屋边都有杨梅树苗长出，大人们都会特意把它们留下，结果后作为孩子们的零食。以前，我们房前屋后都是一片片杨梅林，这是在改革开放后，村里的人们第一次花大力气、大毅力，准备改变贫穷命运走出的第一步，准备发展杨梅基地，但是山高路远，杨梅过季太快，还来不及卖出，全烂在了山林里。杨梅基地失败后，杨梅树被全部砍倒，种上了茶油树。但杨梅树却没有完全消失，一些坚强的树桩继续发芽，长成大树，赠予我们美食。

我们从杨梅扬花，到果实挂满枝头，就一直关注着，路过杨梅树下，就会停下来看看杨梅熟了没有。杨梅树是一种非常有意思的树木，它们雌雄不同株。雌树雄树都会开花，雄树开红色的花，像一朵朵火红色的云挂在树梢；雌树开白色的花，像一片白雪铺在树顶，都非常美丽。雌雄杨梅树不需要生长在同一个山坡，当春风拂过大地，红的、白的杨梅花同时绽放，吸引无数勤劳的小蜜蜂。它们从红色的杨梅花飞到白色的杨梅花，就完成了授粉工作。当花落成泥，细小的杨梅就挂满了枝头。

杨梅像黄豆大小的时候，一点儿味道也没有，味同嚼蜡。当杨梅细小的鳞片生长出来，酸味也迸发出来。我们已经等不及了，路过杨梅树下的时候，不时伸手摘一颗酸杨梅，体验一回真正的酸。

杨梅的酸味是与生俱来的，从鲜红到黑红，入口味道变好了，酸味却还在，就算吃红透了的杨梅，牙齿还是能感觉到酸。不是说经历过酸甜苦辣的人生，才是完整的人生吗？杨梅是我经历的第一种酸，第一次体会到酸的感觉。杨梅的酸是天然的，不像酸菜是后来发酵而变酸；更不是醋精，通过提炼而变酸。酸只是杨梅的一个特征，另外的一个特征是甜，两者合在一起，才是人们爱它的缘故。酸中有甜，甜中有酸，极其美味，也极其开胃。

“黄梅时节家家雨，青草池塘处处蛙。”杨梅挂满枝头的时候，雨从来就没有停过，绵绵的细雨，愁坏了人。牛在张望，什么时候可以出去吃草，它才不怕烟雨；猪也在张望，新鲜的蔬菜怎么还没来。于是，人们披上蓑衣，戴上斗篷，牵上牛，挑着撮箕，冲进烟雨中。

杨梅就在这一场场雨水中，从青涩变为成熟。青色的杨梅，像羞涩的小姑娘，害怕见人，把果肉都紧紧藏起来，就是一个小圆球，味道很酸，就算最嘴馋的孩童，吃了一颗，也不想再吃第二颗。熟了的杨梅，由青色变成红色，果肉也变得饱满起来，拿起一颗咬上一口，满嘴的甜。那时候，我与小伙伴们放学后，就冲进了后山的茶油林，寻找东一株西一株的杨梅树。我们爬上高高的杨梅树，坐在杨梅树上，直接摘下杨梅就往嘴里送。山野环境优美，无污染源，我们从不担心吃坏肚子，吃完一棵树，又爬到另外一棵树，美其名曰换口味。

有一种杨梅比较特殊，它们熟透了也不会变成红色，而是白色的。这种杨梅比红色的杨梅更好吃。但是比较少，整个山岭也就一两棵。白杨梅一向是我与小伙伴争夺的对象，一片红彤彤的杨梅摇曳枝头，我们视而不见，一路小跑到白杨梅树下，一个个像小猴子般，噌噌噌就爬上了树，在树上欢快地开吃。爬树不利索的小伙伴，只能眼巴巴地站在树下看着树上的人，希望他们发发善心，扔两颗给他也尝尝。

天黑以后，我们才依依不舍地回家，不再吃晚饭，因为肚子吃太饱了，牙齿也酸得吃不动了。一夜以后，我们又变得生龙活虎，开始新的征程。杨梅成熟的这半个月，我们完全变成了野孩子，除了上学外，全部在杨梅树上度过。这个时候，我们差学生唯一一次打赢好学生。好学生整天埋头读书，体育细胞都退化了，不太擅长爬树。他们不像我们差学生，四处乱跑，体育细胞好得很，爬树小菜一碟。女孩子爬树更差些，她们只能等我们扔一些杨梅下来，或者把杨梅树压低，让她们采摘。杨梅成熟的时间里，山林完全被我们占领，我们的欢声笑语响彻山林。

杨梅不能多吃，易上火，对于小孩子来说，上火太微不足道，不过是嘴角烂掉、嗓子痛而已，而杨梅过季了，下一次就要等到明年了。它们不像西瓜、甜瓜，大棚能够种植，什么时候吃都可以。

我吃杨梅很快，一颗没有吞下，又放入一颗，有时连杨梅核都不吐出，一起吃了。妈妈常让我注意杨梅有没有虫，要清洗后才能吃，不然会吃坏肚子。为了让我吃慢一些，妈妈经常吓唬我，说吃下了杨梅核，肚子里会长出杨梅树。有一段时间，我变得很谨慎，小心翼翼地吃杨梅，后来发现根本长不出来杨梅树，又变得肆无忌惮了。但是杨梅核还是不能多吃，肠胃消化不了。

有一次，我杨梅核吃多了，肚子鼓胀似球，大便都解不出来，在医院打了几天点滴，才消化掉。从此以后，我再也不敢多吃杨梅了。随着年龄的增长，我离家乡越来越远，很久没有品尝过故乡的杨梅了。

杨梅的酸味是我体验到的第一种酸味，每当我遇到酸味，就会想起故乡的杨梅。虽然温州杨梅比较多，茶山杨梅、永嘉杨梅、青田杨梅，都非常好吃，但是我更喜欢故乡的杨梅。也许故乡水土生长的杨梅更符合我的口味。故乡的杨梅啊！我什么时候能再品尝到你呢？

露天电影院

农田里刚收割完水稻，一丛丛稻茬还留在泥土里，无声地守望着田野。田边的稻草人已经完成了它的任务，身上的稻草已经被风任意地吹落。空闲的田地，正等待着下一轮农作物的到来，也许是小麦，也许是油菜，也许是萝卜。

秋收的喜悦还洋溢在人们脸上，农村没有什么好的庆祝方法，跳一场秧歌，或者放一场电影，就是最好的庆祝，也是最好的放松。一块白布，一台放映机，一场露天电影就开始了。

说起电影，肯定得提起照相机。当人们在风景优美的地方，看到令人惊叹的风景，想把那一瞬间留住，就算再好的画笔也难以勾画出一瞬间的神韵，照相机只要快门一按，美丽的一瞬间就留在了相片上。当人们想要留住欢乐的时光，想把父母、爱人、儿女的笑容留下，照相机只要快门一按，就准确无误地把最美丽的一刻留在了相片上。

最早的照相机很大，是一个四四方方的盒子，一大块黑布遮挡住木盒，拍照的时候，摄影师需要钻进黑布里，一道“闪电”快速闪过，就完成一次拍照。第一次照相的人，肯定会被快速闪过的“闪电”吓一跳。在清末的时候，照相机就出现在了中国。那时，人们很迷信，害怕照相机吸走他们的魂魄，都不敢照相。后来，人们明白了照相机的功能，都爱上了照相，就连当时清朝皇帝溥仪也爱照相，上朝拍一张，吃饭拍一张，学骑自行车也要拍一张。随着时代进步，照相机越来越精致，功能越来越强大。从大木盒子变成小到手机上都可以安装，从胶卷相机变成了数码相机，从呆板地抓取景色和人物，到可以美化风景和人物。照相机成为人们生活中不可或缺的一部分，特别是自拍一族，不拍照，仿佛就活不下去。

电影是活过来的照片。张张呆板的照片，连续播放，就活了过来。据说电影的发现源于一场打赌。两位关系很好的朋友，对于马在奔跑的时候马蹄是四蹄腾空，还是一蹄落地各执一词，谁也说服不了谁。他们请来摄影师连续拍照，把奔跑中的骏马每一秒都记录下来，通过照片，证明了马在奔跑中不是四蹄腾空，而是有一蹄着地。但是，这些已经不是重点，在照片上会跑的马更有吸引力。通过这次启发，科学家经过无数次试验，终于发明了电影。

电影的发明是一场革命，它让人们的生活变得丰富起来，足不出门，可知天下事。电影刚发明的时候，并没有声音，是无声电影。一部部电影在无声电影大师卓别林的演绎下有了灵魂。他的圆顶帽、小胡子、大皮鞋、竹拐杖、鸭子步伐，是一个时代的标志。中国的第一部电影——《定军山》，剧情简单，制作粗糙，在当时却是万人空巷。随着时代的进步，无声电影演变成有声电影，现在又有了 3D 电影。电影越来越精彩，人们的生活也越来越丰富。

二十世纪八十年代，农村想要看电影，只能靠放映机。农闲的时候，专门放电影的人走村串寨放电影。那时，农村里面交通极不方便，人们出入全靠肩挑。放电影的人挑着重重的放映机、音响，翻山越岭，从一个村子到另外一个村子，为人们带去欢乐。

“放电影了！放电影了！”我们盼啊盼，都快把秋天盼过了，放电影的人才来。我们停下玩耍，爸爸妈妈停下手中的农活，奶奶停下闲聊，匆匆忙忙地朝村前的空地赶去。我与小伙伴们一路飞奔，你争我抢，都想赶快跑到目的地。去年的电影让我们意犹未尽，今年一定好好过把瘾；奶奶年纪大了，快也快不了，干脆不紧不慢地走着，遇到熟人打声招呼，聊下近况，问下收成；爸爸妈妈与其他叔叔阿姨相互开着玩笑，嘻嘻哈哈笑了一路。热闹非凡的场面，像过年赶集一样。我们村远离城镇，需要买卖物品，日子逢五或者五的倍数，各村各寨的人们聚集到镇上，卖一些农产品，换一些生活必需品，叫作赶集。特别是过年的那几天，家家户户都要准备年货过年，镇上真是人山人海，热闹极了。

晚秋的夜有点凉了，一弯新月悬挂在高空，若隐若现的光线，让整个世界更具神秘感。这样的天空，正是放电影的好时机，月亮太亮，电影看不清楚；太暗，人们又不方便。当放映机的光束射在白布上，大家知道电影要开始了。一个个坐得整整齐齐，像上课的小学生一样，眼睛死死地盯着幕布。当电影《地道战》开映，电影里的喜与悲，也影响着人们的欢乐与悲伤。老人们回忆起了战争年代，人命如草芥。常言道：“宁做太平犬，不做乱世人。”乱世的人们，一个个活得像丧家之犬，没有尊严，没有明天。他们再也不想回到那样的日子，也希望那样的日子再也不会有。男人们一个个咬牙切齿，恨不得化身巨人，把日本鬼子统统都踩死。因为他们，我们蒙受多少耻辱；因为他们，我们多少同胞遇难；因为他们，我们损失多少古迹。

我们小孩子还不太明白，为什么会有战争。电影结束后，我们玩起了“打鬼子”游戏，只是谁演日本鬼子是个难题。谁都不愿意当日本鬼子，都想当英雄。我小时候身体比较瘦弱，与小伙伴们玩，也都是跟屁虫的角色。大家都不愿意当日本鬼子，就盯上了我。十八般武艺朝我身上招呼，棍子、小石头、烂菜叶甚至还有臭袜子，当时仿佛我是真正的日本鬼子。

电影是人生的浓缩，一部相同的电影，不同的人看观点也不同，从而得到不同的启发，运用在各自的人生中。人生何尝不是一场电影，喜怒哀乐俱在其中。每个人都是一名演员，本色出演是普通演员，一生一角；饰演好几个角色是专业演员；饰演好无数角色是影帝。

时间的齿轮在不停地转动，世界在不停地变化。露天电影院已经成为我儿时最美好的记忆。现在，电影院也随处可见，看电影不再是稀奇事。但是，电影里的人和事依旧影响着我们的喜与悲。

放牛岁月

“空山新雨后，天气晚来秋。”悠扬的牧笛声与丁零的牛铃声，相互交织，像一曲动听的交响乐，打破了山林的寂静，惊飞了林中的鸟群。

在过去，许多农活要靠牛来完成，牛是一家人最重要的财富之一。牛的重要性决定了其地位，必须专门安排一个人照顾它，为它准备最嫩的草，最舒适的住所，保证它的强壮。牛养好了，才不会耽误农忙时耕地。

虽然牛很温驯，但是也有发脾气的时候，都说牛脾气犯了，不撞南墙誓不回头，所以放牛并不是一个轻松的活。放牛的人必须胆大，于是放牛的任务，都落在了我们男孩子身上。我们家三姐弟，我是唯一的男孩子，放牛的任务，理所当然归我。

每天，天还未亮，我蹚过露水，迎着早霞，牵着牛到田边吃草。到快要上学的时间，赶忙把牛牵回家，匆匆地赶去学校。放学后，我也必须快点往家赶，把牛赶出来，到山野吃草。那时候，我特别讨厌放牛，与牛待久了，身上或多或少会沾上牛的腥味，就算洗澡的时候使劲儿搓也洗不掉。而且每天不管打雷下雨，我都必须放牛，没有休息日，一件事情做多了，就会变得索然无味，还好我们有一大群同龄人可以一起玩耍，才不至于太枯燥。

乡村天空的白云是很常见的，天是那么蓝，云是那么白，我们总是喜欢躺在草地上数天上的白云。它们像一件件艺术品，一会儿变成一座山，一会儿变成一匹马。只要你想象力丰富，白云可以为你呈现任何东西。一阵雨后，还能看见彩虹，像一座桥挂在天际。传说，七彩的虹桥是牛郎织女相会的地方，充满了神奇色彩。

那时候，彩虹出现后，我们特别想知道彩虹的发源地在哪里，不停地追着彩虹奔跑，一直跑呀跑，直到彩虹消失也没有找到发源地。后来，我们上学后，才明白了彩虹是一种光学折射，是大自然赐予人们的美景，于是不再追赶，安静地欣赏着美丽的景色。

暑假和寒假的时候，我们放牛最高兴了。暑假里，麦子刚收割，成片的旱地一片连着一片，鲜美的嫩草，让牛儿大快朵颐，也让我们自由自在地玩耍。我们在麦秸堆上欢跳，把麦秸堆当成弹簧，不停地往上蹦，一上一下间脱离地面瞬间的腾空，让我们心跳加快，也让我们乐此不疲。

一个个爬上麦秸堆，欢腾飞舞，把我们的激情点燃，把麦秸堆跳乱。麦秸堆是一种财富，人们可以用来造纸或者烧火。我们在上面乱跳，把别人精心堆砌的麦秸堆跳乱，肯定会受到责罚。但是我们明知不可为，还是受不了那一刻欢乐的诱惑，在上面蹦跳。直到麦秸堆主人出现，我们才四散逃开。

寒假的时候，水田中的水稻已经收割，空旷的田地让我们再也不担心放牛没有地方。我们把牛往田里一放，就在田地边玩耍起来。在沟里摸鱼，在田地里奔跑。大家一起玩老鹰抓小鸡的游戏，由一个人做老鹰，其他人排成一列，一个接一个拉住前面人的衣服，让老鹰追捕小鸡，被抓住者立即出局，掉队者也出局。第一个输的人，将是下一个老鹰。大家对此乐此不疲，直到筋疲力尽。

放牛的岁月，有很多欢乐，我们的笑声充满了田野，让田地充满了生机。当一头头强壮的牛变成了冒烟的铁“牛”，我们再也不需要放牛了，再也不能享受这些快乐了，心中难免有些遗憾。

童年的味道

“冰糖葫芦——卖冰糖葫芦——”，每次我在街上听到冰糖葫芦的叫卖声，都会停下买上一两串。酸酸甜甜的味道，让我的记忆瞬间打开，回忆起家乡的野果——山楂。

有人说，年纪越大就越喜欢回忆，许多老人都生活在回忆之中，回忆当年看过的美景，回忆当年吃过的美味。我还没有到回忆的年龄，近段时间，却总想起童年吃过的野果的味道，总想再吃一次，重温曾经的味道。

山楂的果实圆圆的，像算盘的珠子一样，家乡的人们亲切地叫它们为“算盘子”。家乡的山楂都是野生的，没有人栽种。它们对生长环境要求不高，不要求土地肥沃，只要有一点土，就可以生长得很好。山楂树喜欢扎堆生长，很少看到单独的山楂树，至少两棵一起生长。在田坎上、小路边、山林里，都可以见到一蓬蓬山楂树。也许是土地太贫瘠，家乡的山楂树都不高，像为孩子们量身定做的一样，高度正适合小孩子采摘。但是，山楂并不好摘，山楂树浑身长满了尖刺，大且锋利，如一排排长矛横立。“枝屈狰狞伴日斜，迎风昂首朴无华。从容岁月带微笑，淡泊人生酸果花”，正是山楂树的真实写照。

春天，白色的山楂花绽放，像白雪般洁白无瑕，是送给心爱的女孩最好的礼物，洁白象征纯洁的爱。电影《山楂树之恋》男女主角定情之物正是白色的山楂花。花终难逃凋落成泥的命运，山楂花的坠落却义无反顾，因为山楂花落以后，就会有一个小指大的山楂挂在枝头。从春天到夏天，再到秋天，小小果实，终于长成了算珠大小。未熟的山楂是青色的，完全不能吃，又酸又涩，如果真要挑战一次，一整天舌头都会麻涩，什么都不想吃。随着季节推移，果实会慢慢地由青变红，红彤彤的，像小姑娘红红的脸蛋，让人忍不住想亲一口。熟透了的山楂红中带紫，味道甜中带一点酸，极为开胃。

谁家的孩子厌食了，吃上几颗山楂，马上就好了。有一次，在县城居住的舅舅为表弟的“厌食症”伤透了脑筋。妈妈听说了以后，从家里摘了一大袋山楂送到县城，告诉舅舅，让表弟多吃点，厌食症肯定会好。舅舅当然知道山楂开胃，但是听说它还能解决厌食问题，就有些怀疑。反正也没有什么好办法，他姑且一试。表弟只吃了一次山楂，第二天就胃口大开，同时也爱上了山楂的味道。每年山楂成熟的时候，表弟都会央求舅舅带他去乡下摘山楂，有时也会来我家摘山楂。

山楂熟了，田边、路边都可以找到我们的身影。一大群男孩子，像饿了很久一样，冲进山野，寻找到山楂树后，红色的、紫色的，虫吃过的、鸟啄过的，也不管，一个劲往嘴巴里送，还不停地说着：“好吃！好吃！”身上衣服破了，手上划伤了，也不顾，一个个吃得肚子浑圆，直至吃不下为止。表弟一直生活在县城，开始跟我一起吃山楂，还很斯文，不紧不慢，把我急死了。表弟这样慢腾腾，当然只能吃别人剩下的山楂，不过来了几次后，他往往冲在最前面。

队伍里很少有女孩子，我们都嫌弃她们太秀气，跟不上脚步。妹妹一直央求我带她一起去，我担心她跟不上，一次也没有带她。虽然我回家会带一些山楂给她吃，但是怎么比得了在树边吃得痛快。于是，她经常给爸爸妈妈打我的小报告，说我又去山林里野了，衣服又破了几个洞，身上又划了几道口子。每次吃山楂回来，我都难逃被爸爸妈妈责骂，并被警告不要再弄破衣服和弄伤身体。但是，来年山楂熟了，我照样满山遍野地疯跑。

山楂有籽，还不少，长得似月牙般，坚硬如铁，一般八颗在一起，或者十二颗在一起，紧紧抱着形成一个圆，就算把外面的果肉吃掉了，山楂籽还会紧紧抱成团，也许这就是山楂树成堆生长的原因。

生长在田坎上的山楂树最多，老家的田地，都是沿着山坡一直向上的梯田，一层一层，从山脚到山顶，远远望去，一片片梯田像上山的楼梯。梯田之间会形成高矮不一的田坎，为了防止田坎上的树木长大，遮挡田地里庄稼的阳光，人们都很勤劳，定期清理田坎上的树木，清理得干干净净，像刚剃了的光头。但是，人们唯独会留下山楂树，似乎形成了一种默契，就算家里没有孩子的田坎也一样。只为了孩子们有山楂可吃，让孩子们多一点快乐。

山楂还可以加工成各类食品。我除了吃过冰糖葫芦外，还喝过一种山楂做的本地汽水，装在啤酒罐一样大的玻璃瓶里。过年过节，大人们喝酒，我们就喝这种汽水，只有甜，没有酸，完全喝不出山楂的味道，失去了野果原来味道的产品，也就没有存在的意义，这种汽水最后停产了。两相比较，我更喜欢没有加工过的野山楂的味道。

一年又一年，十几年过去了，我自己都不记得，有多久没有再尝过家乡的山楂的味道了。其实，市场上也有山楂卖，我第一次见到的时候，欢喜地买回了一大包，只吃了几颗，就不再想吃，味道与记忆里完全不一样。让人留恋的味道，只能从我的回忆中获得。虽然我离家乡很远很远，但是童年的味道把我与家乡紧紧连接在一起。童年的味道，那是幸福的味道！

难忘捉蟹的快乐时光

秋风起，螃蟹肥，在不知不觉中，又到了吃蟹的时节。

我的老家门前有一条小溪，溪水清澈，不但鱼虾较多，螃蟹也特别多。虽然已经立秋一段时间了，但是热情的秋老虎依然让我们四处寻找地方躲避炎热，而阴凉的溪流不但能够避暑，还能抓螃蟹，正好一举两得。这个时候，我们是自由的，在小溪里玩上一整天，也不怕父母骂，只要我们抓回几只螃蟹，就能抵挡一顿责骂。

每天，天刚蒙蒙亮，我与小伙伴们就出没在小溪边，开始抓螃蟹。一只只螃蟹似乎还没有睡醒，在溪流里还找不到它们的身影。我们却有办法让它们露出形迹，轻手轻脚地翻开溪流中的大石头，螃蟹正躲在里面睡觉呢！一块大石头下，肯定会有一只螃蟹，有时甚至有两三只。

我们通常分工合作，一人搬起石头，另外几人，分别拿渔网在四个角落蓄势待发。当石头被搬起时，螃蟹想要逃跑，我们早布下了天罗地网等待着它们，让它们无处可逃。螃蟹那两只锋利的钳子，并不是摆设，它们一旦感觉到了危险，就会凶狠地舞动钳子，毫不迟疑地朝敌人进攻。

我们刚开始抓螃蟹时，经常被螃蟹的大螯钳住手指头，痛得眼泪直流。我们被螃蟹夹住之后，就想赶快让它下来，用手使劲扯，但是越用力，螃蟹螯就夹得越紧。即使我们把两只螯都拉断了，它还死死地不松开。

小伙伴们可是吃尽了苦头，有时候被夹得鲜血直流，都有些后悔抓螃蟹了。但是我们抓螃蟹多了之后，渐渐掌握了诀窍。凶狠的螃蟹螯成了摆设，根本夹不到我们。我们抓螃蟹的时候，从螃蟹屁股入手，就不会被夹住。屁股正是它们的盲区，锋利的螯完全够不着我们。如果不小心被夹住了，马上松开手，不要去试图拉开螃蟹。螃蟹发现没有威胁了，就会松开螯。我们通过抓螃蟹，明白了做任何事情都要有诀窍，绝不能蛮干。

我们从溪流的一头到另外一头，就能够收获一水桶的螃蟹。一只只螃蟹，拿回家洗干净，用油炸香，就能直接当零食吃，又香又脆，让我们差点吞掉舌头。父亲的酒桌上多了螃蟹，喝酒更加起劲了。

溪流之中的螃蟹似乎无穷无尽，当太阳升起来，热气逼来，又到了我们再一次出发的时间。这个时候，螃蟹不再藏在石头下，而是在溪流中休息。我们不需要搬石头，直接拿渔网，就可以开工，但是一点细微的动静就能惊到它们。我与小伙伴们开始与螃蟹打游击战，脱掉鞋袜，轻轻地摸到螃蟹边，然后突然伸出渔网给螃蟹一个措手不及，一只只螃蟹就这样成为我们的网中物，但是并不是每一次都能成功。

我们小伙伴中有一位小胖子，由于他走路没有轻重，总是弄出声响惊走螃蟹，我们都不愿意与他一起抓螃蟹。如果小胖发现我们没有叫他，就会沿着小溪跑上一圈，把螃蟹都给吓跑。我们就转换了目标，不再抓螃蟹，开始抓小胖。我们的打闹声、大叫声、大笑声，让小溪边热闹非凡。

抓螃蟹累了，我们就脱掉衣服跳入溪流之中，开始玩水。一会儿沉入水底，比赛摸水中石头，看谁摸得多；一会儿一起游泳，比赛谁游得快。每次戏水的高潮都是打水仗，你浇他一下，他浇你一下，大家尽情地释放着心中的欢乐。

随着时光变换，社会飞速发展，村里引进了许多工厂，溪水变得很浑浊，螃蟹全部消失不见了，我们再也没有地方抓螃蟹了，但是曾经的快乐，依然留在我们心里，让我们难以忘记。

我的稻草人伙伴

秋天，金黄的稻穗在时光的洗礼下，变得饱满，低垂着头，散发出诱人的味道。山林之中的麻雀，一直等待着这一刻的到来。它们成群结队地冲向田野，准备窃取人们的劳动成果。

二十世纪九十年代，人们日子过得并不富足，粮食也没有剩余。麻雀飞来飞去，糟蹋了粮食，人们只能饿肚子。所以父亲郑重地交给我一个任务，让我放学之后到田边赶麻雀。

麻雀特别狡猾，让我疲惫不堪。它们只要看到我就逃走，我离开一会儿，它们又过来偷吃。我看到不远处的小伙伴在欢快地做游戏，大笑着释放心中的快乐。我却只能看着，不能参加，心痒难耐。守了几天后，我就受不了了，向母亲哭诉。

母亲并没有责骂我，而是笑着告诉我，不要担心，只要照她说的做，就再也不怕麻雀了。母亲让我拿一大捆干稻草来，然后开始动手。她对照着我的样子，开始扎草人，先是做身体，把一大捆草料压实，并用草绳捆紧，然后再用小把的草做成两只手和两条腿，最后找来我的旧衣服，给稻草人穿上，甚至还戴上一顶帽子，一个活灵活现的稻草人就做好了。母亲找来一根长木棍，让稻草人站在上面，把它搬到田边。

从此以后稻草人替代了我，帮我赶麻雀。刚开始麻雀不知道田边已经换人，只是看到稻草人，就不敢再过来。我也彻底解放了，可以尽情地玩了。但是好景不长，麻雀试探了几次之后，发现稻草人根本不会动，渐渐不再害怕，再次冲进田地，偷吃稻谷。于是，我只能再次来到田边，与麻雀战斗。

这次却不一样，我不再是一个人，有了伙伴。我与麻雀斗智斗勇，经常移动稻草人的位置，误导麻雀的视线，让它们不知道哪个是我，哪个是稻草人。当它们以为我是稻草人的时候，我就成功了。麻雀靠近的时候，我突然大叫一声，把手上早准备好的石头，使劲扔出去，吓得它们魂儿都丢了，不要命地逃跑。自从有了稻草人，我再也不孤单了，在稻田边也不会感到无聊。

村里的其他人也学习母亲，在田野上摆放了无数个稻草人，稻草人成为一道亮丽的风景线。远远看去，一个个稻草人像士兵一样，身子站得笔直，眼神犀利，认真地守护着田地。随着时间流逝，稻谷在时光的洗礼下，渐渐变得金黄。人们挥洒着汗水，把稻谷都收割回家。稻草人彻底失去了价值，在秋风中凌乱着。

一个个稻草人随意地倒在地上，与大地亲密接触。有一次，我还被一个倒下的稻草人吓了一大跳。一个晨雾弥漫的早晨，我到山林之中放牛，远远看到山脚下倒着一个人。我开始以为是有人受伤了，大声呼唤他。我叫了好几声，地上的人都没有反应，我就有些害怕了起来，担心是什么“脏东西”。我疑神疑鬼地走近一看，才发现是一个稻草人。

我的稻草人的离去是在一场冬雨之中，哗啦啦的雨滴，如刀的寒风，攻击着空旷之中的稻草人。雨过之后，它倒在了地上，像睡着了一样。

尽管我在雨停了以后，来到它的身边，想帮它重新站起来，却是徒劳。因为稻草人身上的衣物和稻草已经变脆了，轻轻一动，就散落一地。稻草人已经完成了使命，回归天地，这是它最好的归宿。

虽然我的稻草人伙伴永远离开了，但它的身影却一直留在我的心里，无论我走多远，都不会忘记它。每次想起它，我的心里就会升起一股暖流。

摸泥鳅

“池塘的水满了，雨也停了，田边的稀泥里到处是泥鳅。天天我等着你，等着你捉泥鳅……”清脆的声音，轻快的曲调，让人马上就想去抓泥鳅。前段时间回家，还在上小学的外甥听到这首歌曲，就问我哪里可以抓泥鳅，我却回答不出。因为田边的稀泥里，再也找不到泥鳅的身影。

我上小学那会儿，乡村里没有游戏机，也没有补习班。放学后，我们都在山谷里疯，在田野里野，自由自在地玩着各种游戏，摸泥鳅就是其中的一项。

春天，一粒粒谷种开始发芽，单独培养一段时间后，将按一定间距，插在一片片水田里，也插上了希望。夏天，秧苗们经过了一个季节的蓄势，绽放出希望的稻花，绿与白相呼应，绿的是稻秆，白的是稻花。绿油油的稻秆，散发着极强的生命力，源源不断地为稻花输送着营养。当金黄的稻穗挂满枝头，它们也就完成了使命，变成了枯黄的稻草。白色带有淡淡谷香的稻花，吸引来一只只蜜蜂，它们忙碌地采集着花蜜，也传播着花粉，完成授粉工作。同时稻花也吸引来蝗虫，成千上万的蝗虫，等待这一刻太久了。草丛里、树林里的蝗虫，统统冲向稻花，抢夺人们的劳动成果，它们吃掉了花粉，也就吃掉了希望。这时候，庄稼人都要打起精神，及时除虫，保护好稻花。稻花完好，离丰收也就不远了。为了方便收割，人们会在水田的中央，把一定范围的水稻连泥土一块拔起，叠在一边，中间形成一条水沟，水会从沟中流出，让人不至于在水中收割。

稻花盛开的时候，也正是放暑假的时候，我与小伙伴们整天泡在水里，四五个光着屁股的小孩，你追我打，玩得忘乎所以，一条很小的水沟，就能玩一天。除了打水仗外，我们还喜欢在田里摸泥鳅。

稻田里的水沟，最适合摸泥鳅。泥鳅喜欢藏在泥巴里，滑不溜秋，不好抓，想要抓住它们，没有一定的技巧，只会徒劳无功。它们一般会在水田的沟里，或沟两边。泥巴表面一般有迹可循，泥巴上有一个小孔，孔的大小，决定泥鳅的大小。抓的时候，右手中指沿孔伸入，触摸到泥鳅，左手快速一抄，双手合一，一条泥鳅就到手了。如果动作稍微慢点，泥鳅就深入泥底，再也找不到踪迹。

泥巴上看不到孔，不一定没有泥鳅，这是无迹可寻，只能凭借“无影手”了。双手插入泥巴，一片一片地摸过去，触碰到了泥鳅，慢慢地两只手合拢在一起，它们就跑不掉了。练就“无影手”非一日之功，滑不溜秋的泥鳅，总是从手心逃走，让人遗憾。为了学“无影手”，我拜了一位堂哥为师，给了他很多零食，帮他放了很多次牛，他才慢腾腾地告诉我诀窍。摸泥鳅的时候，绝对不能急，必须心平气和，连呼吸都必须平稳，一丝动静都会惊走它们，从而造成全盘失败。我经过了许多次失败，无数次摸索，终于掌握了这一技巧。一天下来，我可以抓五六十条泥鳅。我把抓来的泥鳅，先放在清水里养几天，让它们吐完肚子里的泥巴，然后用油煎熟，加上新鲜的辣椒入味。那时的农村，不是过年过节，很少开荤，泥鳅就很受欢迎。大人们用来下酒，小孩们用来下饭。

我们村的一大片稻田，像一条长龙卧在大地之上。这一大片水田之下，是一条溪流，正好从我家门前经过，是村民们洗涤衣物之处。当我们在溪流之上的水田之中抓泥鳅，把水中泥巴带起，整条溪流都变得浑浊。这个时候，洗衣服的人就会朝水田中大喊："小兔崽子们，消停一下，让我们先洗衣服。"我们才不管她们的叫喊，任性地使劲动两下，把水弄得更浑浊。她们拿我们没有办法，只能赶在我们下田之前把衣服洗好。

在田地之中摸泥鳅的时候，特别是一条条大泥鳅，抓住了又逃脱，为了追泥鳅，难免会把水稻弄坏。两三株水稻弄坏了，田地主人不会追究。如果弄坏了一片，我们就等着挨揍吧！村里谁喜欢到田里摸泥鳅，大家心里都有数。有一次，我就被爸爸收拾了一顿。爸爸到自家田里查看，发现一大片水稻被弄坏了，东倒西歪，稻穗都埋进了泥巴里，不用说肯定是摸泥鳅的人干的。爸爸把我叫去训了一顿——严肃地告诫我：人们种植水稻很不容易，需要经过耕地、施肥、除草、除虫，每一步都洒下了无数汗水。每一株稻苗，都是农人用汗水浇灌而成的，怎么能随意破坏？他千叮万嘱，摸泥鳅没有问题，但是不能破坏人家的水稻。

收割水稻的时候，也可以抓鱼。每次水田里刚插下秧苗，爸爸就会放一些田鱼苗，让它们在里面生长。田鱼渐渐长大，稻花落在水面上，就是田鱼的营养。在稻谷收割的时候，它们都长成了巴掌大小，可以收获了。先给水田放水，然后把水口用一只撮箕拦住，田鱼随流水流出，都进入了撮箕内，我们一条条抓起来，放入准备好的清水桶内。田地之间的凹地，水深一些，水不会流干，鱼也停留在那里。我们进入其中，对田鱼进行围堵，都抓起来。田鱼是自己养的，抓起来没有什么挑战，也就没有那么多的快乐。

我们每摸到一条泥鳅，就是一次收获的喜悦。但是，这种喜悦没有持续多久。第二年的夏天，我们就没有再去摸泥鳅。一种电鱼的机器出现，一路过去，大小泥鳅都被抓走了。

现在，我只能在菜场看到泥鳅，再也体会不到摸泥鳅的乐趣了，孩子们更不知道如何摸泥鳅了。

第三辑　藏在岁月里的温暖

父亲的草鞋

二十世纪七八十年代，草鞋在农村随处可见。温饱都还没有解决的时候，人们能有一双草鞋穿，就非常不错了。爷爷去世得早，父亲很早就成了家里干农活的主力，接下了爷爷传下的“三宝”——蓑衣、斗笠、草鞋。蓑衣、斗笠只有下雨的时候才能用上，平时都束之高阁，草鞋却是常用之物。

父亲的草鞋是母亲一寸一寸编织而成的。每年秋天的时候，母亲就开始准备材料，从收割稻谷后的稻草里，挑选颜色金黄、饱满的稻草，除掉枝叶，然后在母亲巧手的舞动下，上千根稻草，相互缠绕，慢慢变成与脚板相似的鞋板。为了干农活方便，草鞋脚尖与脚背处都裸露着，编织完鞋底，绑上几根绳索，就是一双草鞋了。

在春、夏、秋三个季节，父亲都穿着母亲编织的草鞋，上山砍柴，下田耕地。草鞋一直伴随着父亲，是他最亲密的伙伴。一双草鞋在父亲的脚下撑不过一个月，下雨天寿命更短。隔一段时间，母亲又要为父亲编织新的草鞋。在昏暗的油灯下面，我在一边做作业，母亲在一边编织着草鞋。有时候，我做完了作业，就转过头静静地看着母亲双手翻动，见证一双新草鞋的诞生。

春耕是农人们年初最忙的时候。当第一声布谷鸟叫响，父亲从墙上取下沉睡一冬的犁，轻柔地擦拭，像温柔的丈夫帮妻子擦掉脸上的污垢，然后给犁铁上油，犁具在阳光里熠熠生辉。强壮的黄牛，养了一冬。养兵千日，用兵一时，到了它上场的时候。一切都准备齐全，父亲穿上草鞋，扛着犁，赶着黄牛，开始进行春耕。父亲把犁绑在牛身上，草鞋脱在田边，牛在前面奔走，带动着铁犁，把田地分出一道道口子。黄牛在父亲的掌控下，很乖巧，不像跟我在一起的时候，不是偷偷吃一口东家的小麦，就是偷偷吃一口西家的萝卜。我大声责骂几句，它牛脾气一来，头一转，直接跑进了别人家的麦田大吃一顿。都说狗眼看人低，牛也一样。

我上初三的那一年，没有一点上学的动力。我们村里许多年轻人都没有上高中，初中一毕业就到沿海打工去了，日子也过得很潇洒。每年，他们过年回家，穿着时尚，打扮时髦，让我非常羡慕。我与同村几位同学约好，毕业了也到沿海去打工。我无心学习，在学校里东逛逛，西逛逛，把学校边的山山水水都转遍了，把所有能玩的游戏都玩遍了，打篮球、打桌球、打乒乓球、踢足球、玩电子游戏，一样都不落下。

父亲一向沉默寡言，不苟言笑，对于我在学校的表现早有耳闻，说了我两次，见我没有改进，就不再提。

我周一到周五在学校寄宿，只有周六、周日回家。我在家的时候，都要与父亲一起到田边。父亲耕田，我放牛。那时，我对父亲的草鞋，特别感兴趣，总认为母亲编织的草鞋特别好穿，经常偷偷试穿父亲的草鞋，穿上以后，却没有特别舒服的感觉，还有一点硌脚。但我还是喜欢穿父亲的草鞋，觉得穿上了草鞋特别威风，也能像父亲一样撑起一片天空。

一次，我穿上父亲的草鞋，在田边正玩得兴起。父亲耕完田找鞋穿，发现在我脚上，脸仿佛天上的乌云，瞬间黑了下来，一甩手就给我一鞭子，让我不知所措。一道火辣辣的鞭子印，痛得我在地上打滚，父亲却不多做解释，冷冷地丢下一句："没出息。"然后转身离开了。那一刻，我多么恨父亲啊！恨他太小气，恨他不问缘由。

父亲不让我穿草鞋，我偏要穿，特意央求母亲按我双脚的尺寸编织了一双草鞋，天天穿着在父亲面前晃。父亲仿佛忘记了那一鞭子，对我的表现不闻不问。

我又一次跟父亲去耕地，父亲把犁套好后，把我叫过去，面无表情地说："农民的儿子，耕地是赖以生存的技能，迟早都要学，晚学不如早学，你来试一下吧！"我不敢啰唆，害怕鞭子又落在我的身上，战战兢兢地站在与我差不多高的犁后面，死死地抓住犁把，把全身的力气都用在了上面。父亲把犁交给我后，站在后面不再说话。我知道他来真的，只能学着他的模样吆喝牛前进。黄牛回头看了我一眼，我看到了它眼里的不屑。果然，我让它往左，它就往右，让它向前，它就后退，完全把我的指令当耳边风。我多么想证明给父亲看，他能做到，我同样能做到。但是我失败了，连牛都歧视我。我越想越气，一鞭子抽在牛身上，想让它听话。牛的脾气也不是盖的，一蹶蹄子，狂奔了起来。我来不及扔犁，被牛拉倒在田里，脸贴着泥巴跟犁一起被拉走，眼看就要掉到田坎下面。这时，父亲有力的大手抓住了牛，让它老实地回来了。父亲没有给我这次的耕地打分，接过犁默默地耕地。

一个春天，我都在学习这门古老的技艺，学到最后，手上的血泡，变成了厚厚的老茧。每耕一次，我就能感受到父亲的艰辛。农民世代以土地为生，一辈子在土地上求食，手起了老茧，腰累弯了，都是在消耗着生命力，却只能混个温饱。

父亲给我上了一堂生动的课，不是在教室里，而是在农田里。我终于理解了父亲的用心良苦，他不希望我再走他的老路，继续穿着草鞋，奔走在田野上。

我回到学校，不再吊儿郎当地乱晃，我认认真真地听课，不会的就问，不懂的就学，终于把成绩提了上去。中考的时候，我顺利地考上了高中。我知道高中只是起点，当我懈怠时，就摸摸脸上的伤疤和手上的老茧，再一次埋头苦读。虽然我依然怨恨父亲的那一鞭子，但是我知道，没有那一鞭子，我根本不会醒来，还会继续沉沦下去。我感谢那一鞭子，彻底把我打醒了。

现在，草鞋已经进入了博物馆，成为一件艺术品。草鞋的过往再没有人关注，我却不能忘记它。它曾经支撑起我的家，让我健康成长。

给妈妈染发

妈妈让我帮忙染发，我才发现妈妈的头发全白了，只是一直染才黑，才没有显现出来。我把一根一根的白发染黑，眼泪却止不住流了下来。多少年，我没有与妈妈如此亲近了呀！作为男孩子，也许在我进入青春期后，就再也没有扑入妈妈怀里，没有拥抱过妈妈吧！

妈妈年轻的时候，有一头乌黑的长发，几乎齐腰，照片上，她喜欢扎两条大辫子，再加上秀气的脸庞，真是美丽极了。爸爸说，他第一眼看见妈妈的时候，就被那一头美丽的长发吸引住了，从此认定非妈妈不娶。

爸爸年轻的时候在矿洞里干活。一次事故后，爸爸腰部受伤，再也不能干重活了，整个家庭的重担落在了妈妈瘦弱的肩膀上。妈妈长得并不高大，反而很瘦小，嫁给爸爸的时候，别人都叫她“小姑娘”。大家都说：真不知道她瘦小的身板里，如何蕴藏着如此巨大的力量。

爸爸身体好的时候是家里的主要劳动力，根据季节的变换，很早就把田地侍弄好了，等待着播种的时间到来。爸爸受伤后，当水稻播种的季节到来，我们家的田连初耕都没有耕，妈妈急得像热锅上的蚂蚁。水稻播种必须紧跟时令，错过了，就算种下收成也有限。虽然爸爸已经与相熟的朋友说好，让他帮忙犁地，但是他家也有田要耕，肯定先耕完自家的田，才能帮我们家。如果等他忙完，就会错过播种最好的时间。妈妈一寻思，扛起犁，赶上牛，打算自己犁田。

黄牛对妈妈的命令不屑一顾，慢腾腾地走着，不时地吃一口田边的野草。妈妈挥舞着鞭子，黄牛也视而不见，气得妈妈直掉眼泪。爸爸发现了妈妈的难处，就跟妈妈来到田边，在妈妈耕田的时候，对着黄牛吆喝了几声。黄牛很害怕爸爸，变得老实了一些。每次，妈妈去耕地，爸爸都要站在田边，这成为一道独特的风景。从此以后，妈妈接替了爸爸，耕种着家里所有的地。人们常说女人是半边天，妈妈却是我们家的整片天。

妈妈很爱惜一头长发，即使再忙再累，头发肯定梳理得整整齐齐。但是那天妈妈把头发剪掉的时候，一点也没有犹豫。记得那阵子，常有人在镇上赶集的时候“收长发”。他们站在街头，手里拿一把剪刀。当留有长发的女人经过，他们便上前询问她们：“头发卖不卖？”女人说卖，两人谈拢价钱，几剪刀，一头乌黑的长发就被剪断了。

那天，是我陪妈妈去的集市。买头发的人出价五十元，妈妈一听，五十元钱可以买很多东西呢。没有多做考虑，脱口就答应了。咔嚓咔嚓，剪刀粗暴地“咬断”了妈妈黑黑的秀发，悉心打理多年的长发瞬间离开了身体，我看到妈妈眼里全是惊恐与伤心，但只是一瞬间，她就恢复了正常，坦然站起来接过了钱。回到家，还高兴地告诉爸爸，她的头发赚了五十元钱。后来，妈妈告诉我们，长发被剪掉后，她偷偷地哭了好几次。

从此以后，妈妈再也没有留长发。随着年龄增长，妈妈的头发变得粗糙暗哑，末梢还分叉了。头发稍微长一点，妈妈一心烦，就给剪掉了。

妈妈一辈子围着我们转。当我们还小的时候，她为我们遮风挡雨；当我们长大了，离开了她的身边，她就默默地守着老屋，等待着我们飞累了，回家歇息一下。这段时间，妈妈变得很爱唠叨，电话一打通，就东家长，西家短，一直说个不停。我竟一点不理解她，每次以工作忙为由，匆匆挂断电话。

因为一直以来，我以为妈妈还年轻，还能够继续支撑着这个家，直到今年过年回家，当我看见妈妈头发的根部已经全白了时，才发现自己太粗心。岁月变迁，妈妈的皱纹越来越深，步伐渐渐蹒跚。我不能再如此粗心，今后的日子一定要多陪伴她。

村医母亲

母亲身上总带着一股浓浓的药香味，是一种让人特别安心的味道。母亲是一名乡村医生，奔走在乡村各个角落，给人们带去温暖和希望。

我的老家在云贵高原茫茫大山之中，离城市较远，外出只有山路，步行需要两个小时左右，才能到达最近的镇上。村里的人们生病了很麻烦，特别是老年人行动不方便，往往容易耽搁病情，村里迫切需要一名医生。

二十世纪九十年代，母亲还很年轻，我才开始上小学，村里打算推荐母亲到县里学医。奶奶思想保守，第一个站出来反对，她认为女人抛头露面不好。父亲也觉得家里农活太多，学医可能会影响干活。母亲从小的梦想就是当一名医生，由于各种原因，梦想搁浅了，现在又能重续梦想，如何不心动？她与奶奶讲道理、谈思想，想要说服她，奶奶就是不点头。面对如此好的机会，母亲怎么能让其溜走，她咬着牙，顶着巨大的压力，到县里参加了培训班。

母亲从县里回来后，感觉理论与实际相差太远，又再次拜了邻村的老军医学习实际操作。老军医曾参加过抗美援朝战争，医术经过了战火考验，实践性特别强。他为人非常正直，从不藏私，经常带母亲一起出诊，手把手教母亲诊断病情。他也很体贴人，知道母亲家庭困难，不但不克扣母亲的诊金，反而把自己的那一份也给了母亲。母亲感恩老军医的照顾，用心学习医术。一年以后，母亲能够独立看病了。为了方便大家看病，母亲就在家开起了诊所，做起了乡村医生。

母亲刚开始想靠诊所挣钱补贴家用，一个月下来，不但没有赚钱，还倒贴了不少钱进去。母亲对于家庭困难的人家，只收药费；暂时没有钱的人家，还允许赊账，这才导致诊所入不敷出。母亲心地善良，乐善好施，常说："大家都是乡里乡亲，谁没有个困难啊！"

母亲不但在家看病，还经常出诊。村里的人居住不集中，东一家，西一家。老人生病了，难以走动，只能请母亲过去，一去就是一整天。特别是有人生孩子的时候，母亲可能会去好几天。那时候，大家生活都比较困难，生孩子基本上在家生，不会上医院。如果有人家生孩子，他们会提前跟母亲打招呼，让母亲安排好家里的农活，然后让人来请母亲过去。有时候，母亲趁着夜色走出家门；有时候，母亲踏着晨露走出家门。如果孩子顺产，母亲很快就会回来。如果孩子难产，母亲可能几天都不见人影。

母亲作为一名医生，具有良好的医德，从不把病人拒之门外。有一次，村里一位男子误食了农药，送到我家来。病人已经完全昏迷，大小便不能自理了。奶奶坚决不让病人进门，不准母亲帮他看病，害怕出了事情麻烦。母亲却没有犹豫，对奶奶说："救人一命，胜造七级浮屠。"奶奶听母亲如此说，也不好再阻拦。母亲马上给病人诊断，并打了急救针，再让他们家人把病人送到镇上洗胃。病人到了镇上医院，已经是三个小时之后了，最后能得救，就是因为母亲的那一针。

自从母亲当了医生，钱没有挣到，农活倒耽搁了不少。但是，母亲收获了村民的尊敬，在村里遇到任何人，都会得到热情的招呼。我们家的地位在村里直线上升，人人遇到我们家的人都特别和气。奶奶本来觉得母亲不挣钱，还耽搁农活，心里很不高兴，看到如此情况，也不再说话了。

记忆里母亲的诊所总是人头攒动，来来往往的人，把我们家变得特别热闹。我家成了村里最热闹、最快乐的地方。因为母亲帮助他们驱除了疾病，带给了他们欢乐。每次他们哭丧着脸来，带着微笑离开。

我们家的人很少生病，母亲功劳巨大，及时预防，把病症扼杀在摇篮里。即使生病了，在母亲悉心的照顾下，也能很快恢复。我的记忆里，母亲的味道，就是一股淡淡的药香味。但是，母亲的诊所没有开多久，就遗憾地关门了。在我上高中的时候，母亲为了我与妹妹上学的学费，不得不外出打工，彻底放弃了医生的身份。

母亲不再是一个乡村医生，但是村里的人都记得她的恩惠。每次母亲回家，他们都会用热情的笑容欢迎母亲。母亲用自己的方法守护了村庄，以及整个家庭。现在，该我们用自己的方法守护村庄和母亲了。

怀念奶奶

奶奶出生于一个地主家庭，有姐妹三人，没有兄弟。在重男轻女的年代，奶奶的父亲很不待见她们。虽然她们家日子过得很好，但是奶奶姐妹三人从来没有享受过一天好日子。

她们与长工一样，必须干农活，而且还吃不饱。她们的父亲还动不动就打人，奶奶三姐妹过着水深火热的日子。作为最小的孩子，奶奶从小聪明伶俐，人见人爱，却得不到父亲一丁点的疼爱。奶奶的童年是痛苦的，最大的愿望就是赶快把自己嫁掉。

在我西南老家，与湖南交界的黔东南天柱县瓮洞，自古有“黔东第一关”的称号。日本鬼子侵略中国，一路烧杀抢掠，从东北席卷大半个中国，而以我们老家为咽喉，无数人洒热血、抛头颅，死死阻挡住日本鬼子的脚步，让西南地区免受战火之苦。由于受战争影响，奶奶二十岁了，早到了适婚年纪，却一直没有人来说亲。方圆五百里的年轻人都上了战场，许多人战死沙场。

新中国成立后，当一名很穷很穷的男子说要娶奶奶的时候，奶奶没有一丝犹豫，就跟他成了亲。一间又破又烂的茅屋，陈旧的柱子，发霉的茅草，漏风的墙壁，似乎一阵风来房屋就会被吹倒，这就是奶奶的新家。奶奶没有计较，嫁过来后，用勤劳的双手，开始在田地里忙碌。不久，他们在破屋内迎来了新的生命，他就是我的大伯。在奶奶与她的丈夫的努力下，生活渐渐有了起色，但是天不遂人愿，在大伯才两岁的时候，他的父亲得了急病去世了。

那个年代，一个寡妇带着幼儿，生活太艰难，就算你有翻天的本领，也翻不出花样来。奶奶做了一件让人目瞪口呆的事情，她带着幼儿再次嫁人，嫁的人就是我的爷爷。二十世纪五六十年代，一名女子改嫁，需要太大的勇气。残留的封建思想，会把你刺得遍体鳞伤；无数的风言风语，能够把你逼疯。

爷爷家里也很穷，四个兄弟，爷爷排行第二。我的曾祖父参加了抗日战争，一去就没有回来。曾祖母一个人努力支撑整个家庭，把孩子们养大。大爷爷长大后，也参了军，整个大家庭的重担落在了爷爷的肩膀上。上有老母亲需要照顾，下面需要供养两个弟弟上学，家里负担太重。当奶奶愿意嫁给爷爷，她的条件是带上大伯，爷爷欢喜地答应了。

奶奶从小在农田里劳作，深得做农活的精髓，把田地侍弄得很好，日子渐渐有了起色。爷爷的弟弟都长大成家，也到了分家的时候。老人们都偏爱幼儿，分家产的时候，爷爷分的物件最少，一把筷子，几个破碗，半边老屋，就什么都没有了。

奶奶与曾祖母大吵了一场，说她偏心。爷爷却不在意，新时代来了，只要努力干活，日子会越过越好。爷爷奶奶日夜操劳，在父亲出生的时候，他们盖了新屋，成了村子里日子过得最好的人家。

奶奶没有机会读书，她却深知“知识改变命运”的道理，一直要求孩子们上学，让父亲他们不要想其他事情，一心上学。大伯早年丧父，又被带到我家来，算是寄人篱下，很早体会了人间疾苦，读书很用功，成为村里第一个大学生，飞出了农村，进入了城市。二叔为了减轻家里负担，上完初中便放弃了上学。父亲上完了高中，只是没有能够考上大学。

父亲三兄弟都成家立业了，爷爷奶奶操劳了一辈子，该好好享一下福了，但是爷爷却没有那个福气，长年劳累，又不注意保养，积劳成疾，得了当时“最流行的绝症”——肺结核。五十岁的时候，他没有撑住，遗憾地离开了人世。

奶奶的眼泪早已流干了，两位丈夫都先她而去，村里风言风语四起，说她克夫，她几乎想去死。但是她看到一个个新生命到来，看到了新的希望，坚持了下来。我们一个个出生，奶奶的劳动重心，从田地里转移到我们身上。大伯家一男一女，二叔家两男两女，我家一男二女，九个孩子的成长都离不开奶奶，她经常忙得不可开交。

当我们一个个长大，奶奶却越来越老，头发白了，腰弯了，我们再也不让她干农活。奶奶却闲不住，经常到山上捡柴，到田地里种菜，到二叔家走走，到我家走走，看到不满意的地方，不停地唠叨，让我们头皮发麻，有点嫌她啰唆。

大伯在市里上班，多次让奶奶到城里享福。奶奶抵不住劝说，第一次离开故乡进了城。她看到在老家随处可见的萝卜、白菜，还有水果，都需要钱买，相当心痛。在城里没有一个熟人，连说话的人都没有，一个月都没有待满，她逃似的回了老家。还是在家里安逸，蔬菜、水果自家都有，不但新鲜，还是绿色食品；这家唠唠，那家聊聊，奶奶日子过得很惬意。

奶奶经历了太多苦难，却从不表现在脸上，脸上总带着一副和蔼可亲的笑容。她有一副热心肠，邻里有事情的时候，无论是有人结婚，还是有人去世，都能看到她忙碌的身影，从不用人特意请她，她自己第一时间赶过去帮忙。她的无私帮助，得到村子里所有人的尊敬。

奶奶一向疼爱我，只因我是她众多孙子中年纪最小的。她有好吃的东西，肯定会为我留一份。每次我外出求学，她都会偷偷地给我塞零用钱，我总是推托不掉，就和奶奶说：“您一定要活到一百岁，等我赚了钱，让您好好享享福。”但是奶奶没能等到我大学毕业，就离开了人世。当我听到奶奶离去的消息时，我的心一阵剧痛，眼泪止不住地流下来，没有大哭，心却在哭。世上最痛苦的事，就是亲人的离去吧！

大伯赶来参加葬礼，一进门就撕心裂肺地大哭，抓住奶奶的棺木不放手，哭了整整一夜。我从没有看过一向斯文的大伯，像个孩子一样，鼻涕眼泪流了一地。奶奶的棺木放入土中，放入了第一把土，大伯还想跳下去，想要留住奶奶。

奶奶离去得很突然，也很安静，没有受多少痛苦，这是我唯一感到安慰的地方。奶奶离去后，按她事先准备的棺木、寿衣、石碑一件件操办，奶奶变成了一座小土堆。我的呼唤声再也得不到回答，我再也听不到她的唠叨了。

奶奶离去十年了，每年清明的时候，我都会为奶奶扫墓，逝去的人再也回不来了，只能用这种方式思念她。青色的石碑在岁月的侵蚀下没有一点变化，镌刻的字体依然清晰可见。我们清理了杂草，点了香烛，放了祭品，燃了鞭炮。我大声地告诉奶奶，我们永远不会忘记她，有石碑为证。

烧炭翁外公

“卖炭翁，伐薪烧炭南山中。满面尘灰烟火色，两鬓苍苍十指黑。卖炭得钱何所营？身上衣裳口中食。可怜身上衣正单，心忧炭贱愿天寒……”我每次读到这首诗的时候，眼泪就止不住地流下来。它让我想起了长年烧炭的外公。卖炭翁的形象与外公完全重合，遥远唐朝的卖炭翁与现代的烧炭翁，没有什么两样，都是烟灰色的脸，黑色的十指。

“绿蚁新醅酒，红泥小火炉，晚来天欲雪，能饮一杯无？”寒冷的冬季，北方有暖气，南方也有自己的手段，利用炭火取暖。一家人围着火炉，闪亮的炭火，温暖了整个屋子。妈妈一边织着毛衣，一边说着附近发生的人和事，谁考上大学了，谁结婚了，谁生病了，谁去世了。我们认真地听着，爸爸偶尔补上两句，多么温馨的场面啊！

炙热的炭火让家家户户变得温暖，却是烧炭翁在寒冷的大山里，辛辛苦苦把一棵棵树木砍倒，不分昼夜烧成木炭，一担担挑下山来，才能进入千家万户。

改革开放后，人人都想办法赚钱。看着别人的日子越过越红火，外公急得像热锅上的蚂蚁一样，愁得整夜睡不着觉。外公有四个儿女，妈妈是家里老大，已经出嫁，还有三个弟弟妹妹需要上学，可想而知，外公的压力有多大。当看见整片山林的树木，外公在山上摸摸这棵，又摸摸那棵，终于露出了久违的笑容。那时，山林田地刚分包到户，满山的树木根连着根，叶连着叶，都是烧炭的好材料。

外公捡起了在生产队时用过的技能——烧炭，打算做一名烧炭翁。从此以后，每年秋季刚过完，外公就要进山烧炭了。烧炭与制陶的原理一样，在一口土窑里面放入木材，下面烧火，把木材烧成木炭。烧炭的人首先要做的事情，就是在大山中寻找一处靠近水源的小土坡，做一口炭窑，利用土包的特点，把炭窑的“肚子”挖出来，一个圆形的坑，用来放置树木；后面留一个孔，作为烟囱；前面留一处四四方方的口子，用来做进火口。然后从一大片树林中挑选出又大又结实的树木，一棵棵砍倒，均匀地劈开，截断成一样长短，把劈好的树木竖直地放入挖好的炭窑中，整齐地排列起来，最后封窑。在树木上方铺一层干草，堆上湿的黄泥，敲打、压实，变成一个倒扣的锅。打造倒扣的锅，一定保证炭窑里面有空间，封闭死了，木炭烧不起来。当准备工作完成，炭窑就可以点火了，火一点燃，就不能断，白天黑夜，不停地燃烧，必须保证炭窑里面每一根树木都被烤成木炭。烧的时候，还需要控制火候，火烧不透，一些木炭留有烟头，卖不出去；烧得太过，木炭都被燃烧完了，白辛苦一场。烧炭的人必须二十四小时守着炭窑，火不够加大火力；火太大，从溪沟里打水浇在窑顶降降火。

树木的水分、质地，都影响成炭的时间和效果。外公第一窑炭，连烧了三日三夜，开窑的时候，却什么都没有剩下。外公在空空的炭窑边，悲伤地大哭了一场。外公不服输，马上又重新烧了一窑，终于出炭了，一捆捆黑色的木炭，像黑金一样，与外公黝黑的脸庞，互相映衬，这是希望之光。

每一个冬季，外公都会在山上度过，连过年都在山上。在外公辛勤的努力下，烧出了一担担木炭，终于把小姨和两个舅舅都拉扯大。

小时候，每过新年我与爸爸妈妈都会去外公家拜年，爸爸就会带我上山陪外公烧炭。一点火光，在深夜里显得如此突兀，带给人们温暖，也带给人们安全。我刚到山上的时候，很兴奋，忙前忙后，把炭窑周围的树枝都捡起来，放入火中烧掉，还把带来的红薯放入火中烤熟。熊熊的烈火，散发的热量很大，不一会儿，红薯就熟了。红薯的众多吃法中，我独爱烤熟的红薯，浓烈的香味，让我至今难以忘怀。我吃完红薯，看着单调的火焰，渐渐有了困意，在爸爸怀里睡了过去，一觉醒来，爸爸已经抱我下了山。

我受外公的影响，对烧炭特别感兴趣，经常与小伙伴在田坎上挖一个小洞，自己动手烧炭，人熏得黑不溜秋，却一次都没有成功。我对烧炭感兴趣，除了受外公的影响外，还因为我认为烧炭是一种生存技能，想要掌握它。有一次，我与小伙伴烧呀烧，连上学都忘记了，从早上烧到下午，爸爸四处找我吃饭，我才想起来没有去上学。爸爸发现我为了烧炭，连学都没有上，从此严禁我在田边烧炭。我也就没有能够掌握这门绝技，为此一直有点遗憾。

外公烧了大半辈子木炭，黝黑的脸和黑色的十指，一直伴随着外公，再也洗不掉“烧炭翁”的标签。时代在进步，人们改用电力取暖，再也没有人需要木炭，外公也不用在山上烧炭了，可以安稳地度过晚年。

多少个寒冬，外公都在山上烧炭，因山上寒湿，落下了咳嗽的病根。那时，外公还在壮年，一点咳嗽小病，又不影响干活，根本就没有引起重视。今年冬季还没有来临，外公就咳得不行，有时连呼吸都困难，到县里医院检查，结果为肺结核。这种病在医疗技术不发达的年代，叫作“痨病”，算是绝症了。有钱的人家，还能用药物支持一段时间，没有钱的人家，几个寒冬就熬不下去。现代医疗发达了，肺结核早已经不是绝症，可以根治。

小舅满怀希望地问医生，什么时候把治疗方案定下来。医生却摇了摇头，打了一个比方："人的身体就如一台机器，一直负荷运行，没有保养，各处都有问题，零件已经磨损，再难恢复原样。"外公的肺病也一样，只能保养，没有根治的可能。外公只能住院进行保养。由于肺结核具有传染性，从外公的病确诊后，再也没有亲戚来看他。妈妈为我带宝宝，远在外地，小姨也在广东打工，大舅工作太忙，照顾外公的重担就落在了小舅身上。别人还劝过小舅，肺结核传染性太强，还是远离些好。小舅只是笑笑，一如既往地在外公床前忙前忙后。父母养育我们一辈子，什么都不奢求，当他们生病的时候，我们照顾一下，是做儿女的本分。

外公住了一个月院，病情控制住了，身体好转了些，就要求回家。小舅刚在距老屋 1000 米处盖了新屋，外公回家后，没有到新屋住，而是回到了老屋。他知道这个病有传染性，不能害了年轻人。他一个人在老屋居住，天气好的时候，打扫一下房屋，在门前晒晒太阳，认真地过着每一天。

今年过年，我回老家后，与妈妈第一时间去看望外公，他的精神看上去很好，老远就跟我们打招呼，但是，他说什么也不让我们进屋。他说："你们来看我，我就很知足了，我过得很好。"我们只好把礼物放在门前，一步三回头地离开。一个月后，外公就离我们而去了，看着外公消瘦的遗容，我忽然悲从中来。他像木炭一样，温暖了别人，却燃烧了自己。

我的姐姐

一张没有覆膜的照片，边上已经泛黄，背景是蓝色的大海，水面平静；海边有一片沙滩，金黄色的沙子，在阳光下熠熠发光；沙滩的后面，长着几棵高高的椰子树，硕大的椰子挂满了树枝。照片上是一男一女，均稚气未退，女孩比男孩高一个头，头上扎着两个辫子，一张瓜子脸上带着浅笑；男孩的脸脏兮兮的，咧着嘴开心地笑着。

这是我与姐姐在照相馆拍的照片，那时候，姐姐上初一，我上小学六年级。姐姐比我大两岁，我上学比正常上学时间早一年，所以我们两人的年级只差一级。姐姐一向聪明，成绩很好，家里挂满了她的奖状。男孩子贪玩些，我的学习成绩就差远了，放学的时候，还在补背课文的肯定是我，被叫家长的肯定也是我。

小时候，我与姐姐的关系一向亲密，常跟随她去打猪草、捡柴火，是姐姐的跟屁虫。

二十世纪九十年代，改革开放后，东部沿海经济突飞猛进，我们村很多人都到沿海打工，爸爸也赶上了这班船。由于爸爸脾气太急，他说话直，很容易得罪人，在外面经常与人吵架，基本没有赚到什么钱。随着时间推移，我与姐姐都将进入高中，家里全靠妈妈一个人种地，实在难以承担两个人上高中的高额学费。

姐姐比我懂事，她在中考的时候，就跟妈妈说："我不读书了，想跟三堂姐一起到广东打工。"当时，妈妈就沉默了，她当然知道，在农村，没有其他出路，唯有读书，才能鲤鱼跃龙门。姐姐不读书，等于放弃了飞出农门的唯一机会。但是，高额的学费，让妈妈无能为力，她只能沉默。我知道了姐姐不读书的消息，大闹了一场。我说："我去打工，姐姐成绩那么好，让姐姐读书，机会肯定比我大。我已经是男子汉了，男子汉就该担起照顾一个家的重担。"姐姐大骂了我一顿，她说："你是男子汉不错，但是你承担的责任更多，我们女孩子终究要嫁人，等父母老了，你还要承担赡养父母的重担，你不读书，谁读书！"但是，我觉得姐姐说得不对，女孩子与男孩子都一样，男女平等，不存在谁的责任大的问题。姐姐马上要中考了，我不想影响她考试，就想等她中考完，再找她好好理论。姐姐却没有给我机会，在中考完的第二天，她就偷偷与三堂姐一起去了广东。

我上了高中后，姐姐在广东省吃俭用，把大部分工资都寄给了我，作为学费和生活费。为了省钱，她好几年都没有回家，只是在过年的时候，与妈妈打电话说想家，在电话里哭得稀里哗啦。我上高二那年过年，妈妈再也忍不住，一定要姐姐回家过年。过年的时候，姐姐终于回来了。当姐姐站在我面前的时候，我完全认不出她来了。她还是出去的时候那么高，我已经高出她一个头；她瘦得像竹竿一样，风大点都能把她吹走；她脸变得很黑，皮肤也很差，根本不像二十岁的女孩子，而像三十岁的妇女，特别是她的手，布满了厚厚的老茧。我看到姐姐的变化，再也不淡定了，当场就提出，我不要再上学了，姐姐太辛苦了，不要再去打工了。一听我如此说，从来没有对我发过脾气的姐姐，狠狠地骂了我一顿，她生气地大叫道："你不要再说这样的丧气话，你不读书，我与妈妈这些年受的苦都白受了。"我还想再分辩，姐姐打断我道："你不要再说了，再说不读书，我现在就回广东，这年我不过了。"姐姐如此强硬的态度，令我不得不收回快到嘴边的话。

过完年，大年初八姐姐再次背上行囊，踏上了征途。我也再次回到学校，奋力地去挤那座"独木桥"。我知道，对姐姐的唯一回报就是考上大学。在书海中拼搏的时候，每当我懈怠，我只要想起姐姐瘦弱的身体和长满老茧的双手，就再次钻入书海，不达彼岸誓不罢休。

时间是检验一切事物的真理，高考终于来了，我信心满满地踏入了考场。当我收到录取通知书的时候，姐姐打电话来说："小弟，我知道你是好样的，你不要对我愧疚，你考上了就是对我最大的回报。"大学四年里，还需要一笔不菲的钱，我积极争取到助学贷款，进入大学后，在不耽误学业的前提下，我勤工俭学，尽量减轻家里的负担。姐姐已经二十三岁了，她为这个家已经奉献了太多，是时候追求自己的幸福了，我不能成为她的拖累。妈妈也劝姐姐是该考虑个人问题的时候了。我大学快毕业的那一年，姐姐终于有了对象，姐夫与姐姐在同一个工厂打工，老家就在邻村，从姐夫家到我们家只要一个小时。

姐姐考虑我上学还需要钱，打算简单操办一下婚礼。我们全家人都不同意，结婚一辈子只有一次，怎么能简单举行，就算借钱，也要风光办一场。姐姐一个人说不过我们，只能同意举办婚礼。那天，姐姐穿着白色的婚纱，是天底下最美丽的新娘，那一刻也是姐姐最快乐的时刻。

我工作后，打算回报姐姐，就想给她一些钱，姐姐却死活不要。她说："我供你读书，从来没有想得到什么回报，只要你不要忘记了做人的根本，不要忘记了父母的恩情，不要忘记了帮助过你的人，我就心满意足了。"姐姐不要我的回报，我就在外甥身上打主意，多给他买些衣服，多给他些压岁钱。姐姐还是不要，我给外甥多少礼物，姐姐就买多少钱的礼物给爸爸妈妈。

姐姐把读书的机会让给了我，放弃了“跃龙门”的机会，对于我的回报，也不接受。我只能把她的恩情一直留在心底。姐姐为家庭付出太多。我工作后，离老家很远，姐姐又负担起了照看爸爸妈妈的责任。农忙时节过去帮忙，过年过节与爸妈一起过，爸妈生病了过去照顾。姐姐没有一丝怨言，默默地奉献着，仿佛一切都理所当然。

姐姐像雨伞，为我遮挡风雨；姐姐像港湾，给我温暖幸福；姐姐像太阳，让我快乐成长。姐姐像妈妈一样，绽放出母性光辉，让我感受到浓浓的亲情。

秀秀的盼望

我的侄女秀秀，才七岁，还是不知道忧愁的年纪。嬉笑玩闹、蹦蹦跳跳，才符合她的年龄。但是，秀秀太安静了，可以一整天不说话，也不爱笑，总是呆坐着。如果不是灵动的眼神，人们还以为她是个傻女孩。秀秀也正是上学的年纪，上课也是呆坐着，每次考试都徘徊在最后几名。以前，她与爸爸妈妈在一起的时候不是这样，很爱跳爱笑。自从她爸爸妈妈外出务工后，秀秀像换了一个人。

我还在家的时候，秀秀经常跟在我后面玩。有一次我问秀秀：你最大的愿望是什么？她以一种老成的口吻回答：快点长大。多么简单的愿望啊！盼望快点长大，每一个人，估计曾经都盼望过快点长大。各种各样的理由，与秀秀的理由肯定不一样。为了与爸爸妈妈在一起，秀秀盼望快点长大。小小年纪，还不知道什么是思念，但是她知道与爸爸妈妈在一起是快乐的。

山村里山多地少的特点，让这里的人们世代处于赤贫状态，温饱难以解决。改革开放后，东部日新月异地发展，山村人们的观念也发生了变化，不再守着可怜的土地。他们告别了亲人，背上行囊，走出了大山，去东部发达地区务工。随着人们的外出务工，村里的房屋从茅草屋渐渐换成了小洋楼，人们不再缺吃愁穿，日子不再过得紧巴巴。但是村子却变得冷冷清清，田地里找不到耕地的老牛，更找不到耕地的人，一大片一大片的田地，长满了杂草。

青壮年外出，家里只剩下老人和孩子，孩子的教育就成了问题，孩子们成了“留守儿童”。老人们对孩子只会一个劲儿地宠爱，舍不得打，舍不得骂。孩子们越来越野，不是上房揭瓦，就是下河摸鱼；不是早恋，就是打架斗殴。他们无心上学，混着日子，到一定年龄后，干脆不上学了，也跟随父母的脚步，外出务工。

村里的小学，从一至六年级，原来每个年级都有四五十人，非常热闹。一年一年过去，学生越来越少，最后学校办不下去了。我刚上小学的时候，班上有五十人。不过，在五年级的时候人数锐减，只剩下三十人。老师很奇怪：好好的，学生怎么不来了？一打听才知道，村子里第一批外出打工的人回来了。他们打扮时髦，穿着华丽，让村里的其他人羡慕得不得了，都认为外面的钱很好赚，还上什么学，收拾行李，出去打工了。老师知道真相后，只能摇摇头。他理解人们的想法，山多地少的穷山沟里，人们一辈子面朝黄土背朝天，手起老茧了，腰累弯了，仅混个温饱。很多学生，上小学的学费是借来的，中学学费还没有着落呢。上大学更不敢想，就算考上了大学，学费也是天文数字，外出务工成了他们的唯一选择。

去年过年，我比往常回家早些，一年到头，实在太想家了。我回家要经过秀秀的家。一年未见，秀秀高了不少，她扎着两根羊角辫，穿着厚厚的羽绒衣，衣服款式新颖，还是军绿色的，应该是仿军大衣做的。在农村，军大衣是很受欢迎的，一个冬天，穿上一件军大衣，抵得上无数毛衣。秀秀的衣服穿了不短时间了，油光发亮。那么冷的天，她就站在大门边，朝大路上张望。她的眼神清澈，天真无邪，却也带着一点儿期盼，让人心痛。我问她在看什么，她说在等爸爸妈妈回来，今天她爸爸妈妈要回来。

北风不停地吹，冷风扑面，人们都围着火炉在屋内烤火。我一路走过来，浑身热气，才没有感觉冷。我摸了摸秀秀的手，冰凉冰凉的，拉她进屋，她却不肯，一定要等她爸爸妈妈回来。我劝说了几次无果，先回了家，进了家才知道，秀秀已经站了一下午了。她的爷爷奶奶拿她没办法，硬拉她走，又哭又闹，只好随她。

冬天的夜，黑得特别的早，天越黑，就越冷，秀秀的爸爸妈妈还没有回来，可能今天到不了家。秀秀还不愿意相信，一直哭，哭了大半夜，哭累了才睡着。第二天，她发起了高烧，一直说胡话，不停地叫着爸爸妈妈。我的大堂哥，也就是秀秀的爸爸回来后，听说了秀秀的如此表现，如山的汉子，流下了眼泪。他表示再苦再穷，也不再外出，孩子最重要。秀秀的盼望，也终于得到了满足，与爸爸妈妈愉快地生活在一起。

“少年富，则国富；少年强，则国强”，孩子是未来的希望。外出赚钱为了什么，还不是为了孩子过得好些。孩子真的过得好吗？我们需要好好思考一下。

拾穗记忆

在我的老家，秋收后的田地，三三两两的人们，左手提着竹篮，弓着腰在地里寻找着什么。是在寻找着地上的黄金？不错，他们就是在寻找黄金——掉在地上的稻穗，或者谷粒。画面与米勒的《拾穗者》所画的画面重合，天空的飞鸟，流动的云朵，高高的谷堆，都与他们无关。他们眼里只有大地，深深地向大地鞠躬，希望大地赐予充足的粮食。

秋天，一浪高过一浪的稻穗，低垂着头等待着人们收割。农人们计算着收割的日子，选择好的天气，开始收割。在人们挥汗如雨的劳动下，一簇簇水稻倒下了，变成一堆堆稻谷，堆进了粮仓。熟透了的稻谷，在收割过程中，一部分稻穗和稻粒，由于晃动掉在了地上，有的被人们踩在了泥里，有的掉在了草丛中。收割的人们太忙碌，来不及顾及。收割后的田地，将成为鸟类的战场，成群结队的飞鸟，争抢着地上掉落的谷粒，几只小鸟为了一小堆谷粒，就会大战一场，正是“人为财死，鸟为食亡”。

许多时候，人类经常为了食物而拼搏。奶奶经历过战争年代，日本侵略者残暴侵略祖国，每进一个村子，都是杀光、抢光、烧光。我们村就曾多次被鬼子摸进去过，所幸村民们早得到消息，逃进了大山。但是房屋、粮食全没了。侥幸逃脱的人们，只能靠吃山上的野果、树皮、草根度日。嗷嗷待哺的孩子不停地哭泣，大人都没有吃的，更谈不上有奶水，大家都没有办法，也跟着哭了起来。“宁做太平犬，不做乱世人”，乱世人命贱如狗，朝不保夕。那时候，人们最大的愿望，就是能够吃一餐饱饭，就算死，也要做一个饱死鬼。

二十世纪八十年代，我们三姐弟先后出生，田地刚包产到户。虽然我没有过过吃树皮、草根的苦日子，但是，对生活的艰苦还是深有感受。一年到头，我们家吃肉的日子很少。在农村，家家户户都养猪、养鸡，却不是拿来吃的，都是留着卖钱，换一些生活用品的，只有在过年过节的时候，才能够吃到一点肉。

在田地刚分包到户的头几年，还没有杂交水稻，一家人守着几亩薄田，又没有其他的副业，粮食根本吃不到下一次秋收。尽管已经收割过的田地，掉落在地上的稻粒很少，但一颗颗稻粒积攒多了，还是够一个人吃几餐。人们都睁大着眼，像狼一样发着幽光，一整天弓着腰在田野里捡。有的时候，几乎趴在地上，死死地盯着前方，即使稻粒掉在深深的泥巴里，也要使劲抠出来。如果捡到一段稻穗，就够高兴一阵子了。

我们家人多地少，六口人才一亩半田地，大部分田地还是旱地，全靠天吃饭，天不下雨就没有粮食。每年秋收后，奶奶与妈妈都会参与到拾穗行列之中，多一点粮食，就多一份保障。奶奶年纪大了，妈妈不让她参加，她却不吱声，提着篮子就朝田野走去。一整天忙碌下来，两人总共也就捡回四五斤稻谷，还不够一家人吃一餐，累得人都站不直，她们还是很高兴，有粮食就有了希望。对粮食的渴望，也造成了我对粮食的异常珍惜。爸爸妈妈从小就教育我们：“一粒粒稻谷，都是一滴滴汗水浇灌而成。”每次吃饭的时候，碗里绝对不能剩下一粒饭。如果饭粒掉在了饭桌上，也要捡起来吃掉。后来我学习了“锄禾日当午，汗滴禾下土。谁知盘中餐，粒粒皆辛苦”，更加体会到了粮食的来之不易。

我上小学的时候，杂交水稻已经普及全国，农民们再也不用担心粮食不够吃，杂交水稻的培育成功是一项伟大的壮举。粮食充足了，我们也不能忘记粮食的来之不易。每年秋收，我们学校会特意放拾穗假。整整一个星期，让我们到田野里拾穗，回学校上缴一定量的稻谷。学校并不稀罕我们的稻谷，为的是教育我们不要忘记稻谷的来之不易。很多人都没有理解学校的意图。放假后，似鱼归大海，野马脱缰，不是下河游泳，就是上山抓鸟，早把老师交代的任务忘得一干二净。开学的时候，没有拾到上缴的稻谷的数量，就从自家粮仓里面拿。我的假期，都在田野里认真拾穗。虽然有了杂交水稻，人们不缺粮食吃了，但是田地里掉下的稻穗，不捡也是一种浪费。每年秋天，已经七十多岁的奶奶还坚持在田野里拾穗。有奶奶作为榜样，我当然不能从家里仓库拿出稻谷上缴学校。

粮食是人类的立身之本，人可以一餐不吃饭，但三餐不吃就饿得慌。无论社会如何发展，人类都离不开粮食。经济的迅速发展，越来越多的农村城市化，让很多人不知道水稻是长在树上，还是长在地上，更加不知道水稻从一棵幼苗变成稻子，再变成稻谷，人们需要洒下多少汗水。有些人经常一顿饭动辄上万元，折成粮食，就是几千斤粮食。

在灾荒年代，树皮、草根都是好东西，更不要说大米、小麦。人们生活越来越好了，不代表就可以随便浪费。我们不能忘记，一滴汗水，一颗稻粒，粒粒皆辛苦。

难忘师恩

我有很多位老师，但是我的第一位数学老师，对我影响巨大。

我的第一位数学老师是一名代课老师，一直没有能够转正。新政策到来后，他放下了教鞭，重新拿起了牛鞭，回归了田野。我上一年级的时候，第一次见数学老师，就被吓着了，很长时间，都不敢与他对视。数学老师姓乐，三十五岁左右，个子不高，很瘦小，棱角分明的脸庞，有一股威严感。

我们村的小学，从一年级到六年级，每个年级都有一个班，老师很少，总共才五六位老师。我们班的老师就两位，一位是语文老师，一位是数学老师。所有课程都由两位老师兼任。语文老师除了教语文外，还教品德、历史、音乐；数学老师除了教数学外，还教自然、美术、体育。

乐老师的家就在学校边，田地也在学校边，代课老师那微薄的工资，根本不够养家糊口。农忙时，乐老师还要耕种田地，经常一只裤脚挽起，一只裤脚放下，挽起裤脚的腿上还有泥巴，就冲进教室，开始给我们上课。

乐老师从教多年，教育经验丰富，从不照本宣科，上课从不带课本，因为所有内容都在他脑子里。班上五十多人，他都是有针对性地教学。谁的记忆力好，就多背公式；谁喜欢钻研，就让他解各种难题。如果他不是很严厉的话，我们肯定更加喜欢他。

乐老师有一根教鞭，二指宽的竹条，长约一点五米。当他站在讲台上，像一名音乐指挥家一样，把知识源源不断地输送进我们大脑。教鞭当然也是我们的警戒线，是调皮学生的天敌，是差生的噩梦。每次，我们测试完，考试不及格的人，会自动伸出手来，让教鞭落在娇嫩的手掌上。刺骨的疼痛，多么让人记忆深刻啊！为了逃脱疼痛，我们必须拿出十二分精神来，努力提高成绩，争取下次教鞭不落在自己手心上。乐老师从来一视同仁，他的儿子也在我们班上，如果考试成绩不理想，也难逃教鞭的鞭策。乐老师的教鞭是我们一段刻骨铭心的记忆，让我们感受到刺骨的疼痛，也让我们明白了落后就会挨打的道理。

乐老师除了教我们课本上的知识外，还教我们做人的道理。我上三年级的时候，有一次村里涨大水，整个大地一片汪洋。那时候，水稻刚收割完，农民把留下的稻草放在田地边的高处，作为牛羊过冬的草料。我与四位同学，觉得把稻草扔进洪水中，看稻草被冲走，特别好玩。在学校旁边不远处，有一堆高高的稻草堆，大部分稻草都被我们扔进了洪水里。当我们玩得正兴起，准备把剩余的稻草都扔进水里去的时候，稻草堆的主人走了过来，他边走边骂，准备上前狠狠地教训我们一顿。洪水正急，我们已经无路可退，胆小的同学吓得差点掉入洪水之中。稻草的主人来到我们面前，举起了宽大的手掌，我们吓得闭上了眼。就在这时一声大吼：“住手！”原来是在家门口的乐老师看到了这一幕，出声制止了。乐老师走过来后，与稻草的主人说：“这么大的人了，还与几名小孩子计较什么？”稻草的主人曾经也是乐老师的学生，当然不敢反驳他，乖乖地退下了。我们知道得救了，都松了一口气。但是事情还没完，我们怀着忐忑的心情，跟着乐老师回到了学校，等待一场暴风雨的到来。

乐老师拿钥匙开了教室门，把我们带入教室，然后说道："你们每一个人都好好想一想，错在了哪里，想明白了，就回家；想不明白，就在这里过夜吧！"

我们不过是八九岁的小孩，哪里见过如此场面，都哇哇大哭了起来。乐老师似铁石心肠，一动不动地坐在门口，双手放在膝盖上，开始闭目养神。他像一个门神一样，死死堵住了我们的出路。

时光飞快地流走，我们五人都没敢说话。天色已暗，突然，我们听到了各自父母说话的声音。原来乐老师早让人通知了我们的父母。几位家长一到，就要冲进教室，准备痛打我们一顿。乐老师拦住了他们，说："你们看着，让我好好给他们上一课，一定让他们终生难忘。"在农村，农民们没有什么文化，对老师说的话一向当作圣旨，于是一个门神，变成了一堆门神。

我们都不敢站出来说已经想明白了，害怕回答得让老师不满意。又过了一个小时，乐老师似乎等得不耐烦了，开始点名让我们回答。第一个点的就是我。我战战兢兢地带着哭腔道："我们扔稻草是不对的，稻草是别人的财产，不能破坏别人的财产。"我说完后，乐老师和父母们都没有一丝表情，也没有让我坐下，而是让下一位同学接着说。其他同学的感悟与我相差不多，我们说完都没有被允许坐下，大家都明白肯定答案让老师不满意，都害怕地抽泣起来。当五个人都说完，乐老师站起来大声地说道："你们回答得都不够深刻，但是至少都知道错了，还算不错。农田里的一切东西，都是农民辛勤劳动，用血汗换来的。虽然稻草不值钱，但也是农民费了许多汗水，才收集起来的。稻草是农民的生命，没有干草，牛无法过冬；没有牛，春天就无法耕地。你们知道错在哪里了吗？永远不能随意践踏别人的劳动成果。"乐老师的话很深奥，当时我们并没有听懂，只是不停地点头。我瞄了一眼父母们，有的双目呆滞，也没有听懂；有的嘴角带笑，也许听懂了。乐老师说完，让我们各自跟父母回了家。同时交代我们，每人必须到稻田里去拾穗，每人五斤，用来赔偿稻草主人的损失，绝不能用家里的稻谷顶替。大家各自监督，举报者少交三斤稻谷。

我们拾取五斤稻谷难度很大。那时候，大家日子过得很紧，在收割水稻的时候，都很细心地捡起掉在地上的稻粒。我们只能拾被人们在收割的时候踩进泥巴里的谷粒，从泥巴中一颗颗挖出来，再把它们洗干净，然后晒干。

我们五人一直收集谷粒，直到快要放寒假的时候，才完成了乐老师的任务。我们把稻谷交给乐老师的时候，他没有说什么，只是意味深长地笑了笑。因为他从我们一个个黝黑的脸庞中，明白了我们懂得了劳动的艰辛。

乐老师给我们生动地上了一课，无论我们走多远，都没有忘记他的教诲，绝对不能践踏别人的劳动成果，只有这样，你的劳动成果才能得到别人的尊敬。

乐老师教完我们这一届，不得不遗憾地离开了讲台。为了养家，他离家外出务工。我也外出读书，再也没有见到他。去年过年的时候，我在从镇上回村里的汽车上遇见了乐老师，他还是很瘦，头发已经花白，变成了不折不扣的小老头儿。我大声地叫了一声乐老师，他很激动，说好久没有人叫他“老师”了。我说应该的，您永远都是我的老师。

时间过得真快啊！一晃二十年过去了。时间的流逝，并不能消减我对乐老师的尊敬。他是我人生路上的启蒙者，为我的人生之路指引了正确的方向。

最后的水车

在我老家的小河边经常可以看到一种小水车，四片不大的木板制成的风叶，一条弓形的木头把风叶连起来，水流推动风叶转动，带起弓形木头，在末端再装上一个磨盘，就是小型水车。常言道："靠山吃山，靠水吃水。"一架架小水车，让河边的人们生活殷实起来。小型水车专门用来磨香料制作"佛香"，佛香长五十厘米，宽一厘米，是祭神拜祖不可缺少之物。

我五六岁的时候，在我家门口的小溪里，第一次见到水车，还闹了一场误会。小溪离我家一里多路，水流湍急，妈妈从不允许我去溪边玩。我的四堂哥，比我大五岁，他多次怂恿我去小溪边玩，他说："小溪里有一个不用人推，就会转的东西，你一定要去看看。"小孩子对任何东西，都充满了好奇，正是"好奇害死猫"。他说了很多次，我终于被他说动，躲着妈妈与他一起去溪边玩。

冬日的夜一向来得早，来得快，我们出门的时候，天空还明亮着，不大一会儿，天空变得阴沉沉的，整个村子静得可怕，连村子里最爱叫的狗都集体噤声。黑夜一直充满了神秘色彩，也流传着无数神鬼故事，我最怕黑夜，晚上从来不敢一个人睡觉，总担心吓人的鬼怪在黑夜里钻出来吓我。但是，那一刻，我被小溪边的稀奇物件深深吸引，忘记黑夜快降临。四堂哥拉着我，一步步靠近小溪。当我们到达小溪边的时候，他突然跳开，大叫道："看，水里有个鬼在推磨。"我一看，在小溪水流湍急的地方，一只木盒子像被一个弓着身没有头和脚的人在推动，实在太吓人了。当时，我害怕极了，一路哭喊着狼狈地跑回了家。

我还没有到家，妈妈老远听到我又哭又喊，就跑过来抱住我，不停地安慰，问我怎么了。我边哭边道："溪边有鬼在推磨。"妈妈听完却笑了起来道："傻儿子，什么鬼，那是利用水能在磨香料。人们把一棵树切成短柱状，用一条弓形的木条，串在四片木质的风叶上，放在水流湍急的地方，水冲在风叶上转动起来，带动木头一前一后推动，把木头慢慢磨成粉末。这样磨出来的香粉特别细腻，利用水能也省力。"妈妈说完，我才明白自己误会了，也就释然了。我被水车吓了一次，不仅没有讨厌它们，反而越来越喜欢它们。一有时间，我就守在水车边，看水车不停地转啊转。

从我家到外婆家，需要经过一条河，小路一直沿着河边，直通到外婆家门口。这条河边有很多磨香料的水车，走几步，就有四五架水车一字排开，像很有节奏的卫兵正走着正步，同时往前，同时往后。哗啦哗啦的水声，像热烈的大合唱。我很喜欢慢慢地走在这条路上，欣赏着这些水车，听着动听的水声，哗哗的水声反而让人平静了下来。本来一个小时的路程，我经常要走两三个小时。

神仙和先人都是不食人间烟火的，人们想要孝敬他们，就有了佛香。一条五十厘米长的佛香，需要许多道工序才能完成。首先，原料的选择，树木要软，选容易磨成粉的树木；其次，水车的设置，一定要选择水流较急的地方，还需要有一定高度的台阶，保证水的力量足够，才能磨动木头；再次，磨好的木粉要进行过滤、晒干，加入特制的黏合剂、香料；然后，把砍来的竹子切成五十厘米长、一厘米宽的竹条；最后，把香料粘在上面，干了以后，佛香就做好了。

我的舅公就会做佛香，他做佛香的手艺是祖传的，做出来的佛香易燃、香味醇正，很受顾客喜爱。他是我外婆的堂弟，以前家里太穷，没有人愿意嫁给他。后来年纪大了，他也就不再考虑结婚的事情了。其实，他是有机会结婚的。有一次，一位远房亲戚在农忙的时候忙不过来，叫他去帮忙。他勤快、能干，很快得到村里一位姑娘的青睐，愿意嫁给他。但是，有一个条件，就是入赘。舅公却没有多考虑就回绝了。他放不下这门祖传的手艺。女方的家在大山里，没有河流，做不了水车，更做不了佛香。

舅公深爱着这门手艺，一直致力于手艺的传承。他父亲在临死的时候抓着他的手说："一定要把这门手艺传下去，绝对不可以断绝在我们手上，否则我到了世界的另外一边，无颜面对祖宗。"舅公就是考虑手艺的传承，才没有接受那桩婚姻。他时刻记着他父亲的话，一直想把手艺传承下去。他广收门徒，只要愿意学，无论是谁，不收取任何费用，免费教，还帮徒弟造水车。有一段时间，整条河流边上的水车，都是他和徒弟们制作的。那时，他真的是太高兴了，连睡觉都笑出声来，遇人笑脸相迎，走路风风火火，人像年轻了好几岁。但是，好景不长，社会在飞速发展，机器代替了水力，不再需要水车。徒弟们都放弃了继续做佛香，一个接一个地离开了家乡外出务工。一架架水车孤零零地散落在水边，木头渐渐腐烂，生出了绿色的苔藓，只剩下年老的舅公，依旧守着他的水车。

每天早上，舅公都会很早起来，穿过清晨的雾气，蹚着路边的露水，来到河边，取回水车磨好的香料，在朝阳升起的时候回到家，把取回的香料晒干。舅公做佛香已经是一种习惯，一天不做手就痒。只是他的年纪越来越大，长年劳作的腿，早已经伤痕累累，很难走到河边取香料，只能望“河”兴叹。我高中的时候，每次去外婆家，都可以看见他在家门口，呆呆地看着河边，一看就是一整天，仿佛永远也看不厌一样。

在一个寒冷的冬天，舅公永远倒下了，再也没有站起来，随着他的离去，河边再也没有转动的水车了。

藏在岁月里的温暖

我上初中的时候在二十里外的镇上读书，寄居在白姑家。我第一次离家这么远，心里非常害怕，也很迷茫。白姑家像自己家一样的氛围，让我感到特别温馨。长大后，虽然我越走越远，但是每年过年回家，一定不会忘记到白姑家拜访一下，问候一下白姑和姑父，与小伙伴们打一下招呼，重温一下当年温暖的记忆。

白姑不是我的亲姑姑，她是我奶奶的姐姐的女儿，由于奶奶没有女儿，她把白姑当作女儿一样关爱，白姑也像女儿一样孝敬她。虽然从镇上到我家路途遥远，白姑却经常来看望奶奶，特别是奶奶过生日的那一天，年年都不会缺席。白姑比较胖，一米五五的身高，一百二十多斤，缺乏锻炼的身体，走一步就得狠狠地喘一口气，对于二十里的山路，经常走的村民走一趟，都要累得喘气，更不用说胖胖的白姑。奶奶年岁渐大，嘴上常说让白姑不要来了，心里却还是希望白姑能够来看望她，老人年纪越大越渴望关爱。奶奶一直教育我们小辈："白姑就是你们的亲姑姑，就算我百年之后，也不能断了联系，我们就是一家人。"

白姑家并不富裕，一家人的生活开销，全靠她与姑父在镇上老街开的手工米粉店。白姑家是一个大家庭，有四个女儿，一个儿子。四个女儿都已经嫁人，只有小儿子还在读大学。大女儿住在白姑家斜对面，有两个儿子，一个女儿；二女儿住在白姑家，有一双儿女；三女儿与四女儿是一对双胞胎姐妹，三女儿嫁在老街的另外一头，有一个儿子；四女儿是唯一一个嫁到外面的，还没有子女。六个小孩都喜欢来白姑家吃饭，白姑家整天都热闹非凡，充满了欢乐。

手工米粉店仅仅能维持生活，但白姑还经常接济亲戚朋友，日子过得有些紧。在困难的岁月里，无论是多远的亲戚，只要到了白姑家，都能得到帮助，不但有吃的，还能够带一些食物离开。白姑很清楚，他们不是走投无路，肯定不会上门求助。但是她的儿女们并不理解她的做法，他们认为这些穷亲戚在骗吃骗喝，抢了他们的资源，很不乐意。

当我住进白姑家的时候，所有人都带着敌视的眼神看我。他们心里估计都在想："又来了一个吃白食的。"我就读的学校本来有寝室，爸爸却很不放心，一是担心我的安全，二是担心我的学习。第一天报到的时候，我们住在白姑家里，爸爸只是稍微提了一下他的担心，白姑就很热情地说："就住在我这里，有我照顾你还不放心？"白姑这句话，让我开始了三年的寄居生活。

在白姑家既有欢乐，也有苦难，我作为一个外来者，开始的时候，很受人排挤。白姑的小儿子，我的小表哥，对我很不待见，不但对我横眉冷对，还对我指手画脚，让我干这干那。从小父母教育我"滴水之恩，当涌泉相报"。我住进白姑家之后，从来不敢懈怠，总是自觉找一些事情做，看见地上脏了，赶快拿起扫帚扫干净；碗需要洗了，赶快把碗洗了。我尽量做一些力所能及的事情，根本不需要别人指手画脚。

自从我住在白姑家，爸爸想给白姑一些钱做补偿，但是白姑死活不要爸爸的钱，爸爸只能用一些物品作为补偿。我的老家没有什么特产，每次水稻收割完，第一茬新米，是最珍贵的礼物，只给最尊敬的人吃，爸爸每次都挑到镇上，送给白姑做米粉。白姑的无私帮助值千金，几担大米并不能抵消白姑的帮助，我们家不能只知索取，不知回报。

由于表姐表哥都成人了，我的玩伴就是他们的儿女。孩子们没有什么心机，开始都抵触我，当我教会了他们用弹弓打鸟、用平常的树叶吹歌曲、用野草编织小动物之后，我渐渐得到了他们的认可，融进了他们的圈子。他们教我滚铁圈、踢足球、打游戏。我与他们玩得很开心，忘记了离家的不安。

我们都在上学，每天放学，第一件事情就是大家坐在一起把作业做完，然后才开始玩闹。大家学习互相较劲，如此好的氛围，学习动力很足，成绩也越来越好。我们男孩子，在街上滚铁圈、踢足球；女孩子们在大街上踢毽子、跳绳。白姑家门口那一段街道，成了我们的领地。炎热的夏季，我们结伴一起到老街河边游泳，相互学习游泳技能，比赛潜水、打水仗，我们抛弃了辈分，建立起了朋友般的友谊。

小表哥只有暑假和寒假在家里，我见他的次数并不多。有一次，白姑硬拉着他一起，到我家给奶奶祝寿，二十里的山路，把已经二十岁的他累得流下了泪水。他明白了一个孩子能从如此偏僻的地方走出来，一个家庭需要付出无数的代价。从此以后，他见到我的时候，不再横眉冷对，有空的时候，还辅导我功课。

白姑把我当成她的孩子一样，她的外孙们有新衣服、新玩具，肯定会有我一份，每年新年都不会落下我的压岁钱。白姑的一视同仁，让我走出了自卑。我刚到镇上的时候，其实很自卑，我没有漂亮的衣服，没有新款的鞋子，没有时尚的书包，连普通话都说得不标准，像一只丑小鸭，一点儿也不敢正视自己，觉得自己任何地方都不如镇上的小孩。白姑温情的爱，让我认识到，自己与镇上小孩并没有什么差别。

初中毕业后，我离开了白姑家，到了更远的县城求学，后来又到了外省，毕业后也留在了外省。但是我记忆里的一部分，许许多多快乐的回忆，一直留在了白姑家里，那里就是我的家，让我一直牵挂。

白姑家是我离开家的第一站，是我人生道路开始的地方，温馨的环境，温暖的亲情，让我得到了满满的力量，在人生的道路上越走越远。

父亲的夏天

“稻花香里说丰年，听取蛙声一片。”淡黄色带粉状的稻花，香味与众不同，是丰收的味道。

从春天第一声惊雷响起，春雨淅淅沥沥落下，父亲就打开了柴房门，修整农具，准备进行春耕。他扛起犁耙，赶着牛，穿过烟雨，走进田野，把犁绑在牛身后，一声吆喝，春耕开始了。母亲打开地窖，搬出种子，仔细挑选，准备进行春播了。

我的老家在西南崇山峻岭之中，田地在山与山之间，一小块一小块的，就算有大一点的田地，也被分成了很多块，分给不同的人家。我们在耕地之前，首先对田地施农家肥，最好的农家肥是牛粪，储存了一冬的牛粪，是把稻草铺在牛圈里，牛不停地踩踏，再加上牛的粪便混合而成。父亲利用撮箕，一担担挑到田地里，一担一百斤左右。扁担与肩膀的亲密接触，把他的肩膀磨出了厚厚的老茧。牛粪的多少，按照田地的大小分配，大块的田地，需要几十担，小的田地，需要十几担。牛粪挑完后，我们再均匀地把牛粪撒在田地里。

春耕的田地一定要细细耕，“啪啪啪”的鞭子声中，牛在前面拉着犁，父亲吆喝着，指挥着牛的方向和快慢，一块块泥土被犁从中间分开。在牛与农人的合作下，田地完成了粗耕，接着是细耕，细耕完后，还要耙过。耙似猪八戒的九齿钉耙一样，布满铁齿，又宽又大，一耙过去，田地变成稀泥般。父亲把最肥的田地作为秧田，把一颗颗已经在温室里发了芽小豆芽大小的水稻种子，小心翼翼地放在平整好的秧田里，几个星期后，水稻苗就会长大长粗，七八厘米长的时候，父亲再把它们一根根拔出来，按一定间距，插在其他耙好的田地里。一片片水田，波光粼粼，幼小的绿色秧苗在水田里点缀着田野，慢慢地成长。稻苗行距越来越小，直到看不见，入眼一片绿色。

当稻苗长到足够的高度，一片绿油油的田地有了新的变化，迷人的稻花开放了，从绿色中伸出了白色的稻穗，淡黄色的稻花呈稻谷颗粒状，紧紧挨在一起。这一朵朵小黄花的到来，预示着丰收的日子不远了，但是还有无数场战斗等待着父亲。一场场没有硝烟的战争，其战斗强度并不比真刀真枪轻松。

六月的时候，炙热的太阳直射大地，无论田地耕过多少遍，耕得多稀，田坎敷了多厚的泥，极高的温度，天地万物都似烤熟了，田里的水以肉眼可见的速度迅速下降。这个时候，是稻苗成长最关键的时刻，缺水将是致命的。父亲疲于奔命，四处寻找水源灌溉。

我们家的水田，与别人家的水田在一块，处于最末端，仅靠山边的一个水库灌溉，水库的水量有限，根本灌溉不过来。田都在等待着水救命，水一进去，田似一块海绵，不停地吸收进去。我们家的田要有水，需要前面的田都吃饱。父亲只能坐在田边，低沉着头，一直等待。有时候，他等待了几天几夜，水库却没有水了。这块田产的粮食是我们全家的口粮。假如它断产了，全家人都要饿肚子。挑水灌溉不太现实，人力终有穷，就算累死，也灌溉不了多少；利用抽水机抽水，更不现实，把买柴油的钱用来买稻谷，都能买到这块田产的粮食，一点不划算。这个时候只能求救于天，下一场大雨，稻苗就会再次活过来。在农村，龙王庙的香火一向最旺盛，开耕、播种都要祭拜龙王，祈求风调雨顺。

一株株稻苗变成稻谷，经历了太多磨难，每一次，父亲都胆战心惊。水的问题解决了，还有虫患。成千上万只蝗虫，从虫卵——幼虫——成虫，都紧紧跟随水稻的生长周期。在稻花香的时候，蝗虫正是幼虫时期，需要充足的食物成长，然后完成产卵，进行生命的轮回。

蝗虫之患，不亚于水火，铺天盖地的蝗虫大军扫过，堪比鬼子进村，什么都不会剩下。父亲必须再次打起精神，与蝗虫来一次正面交锋，战斗武器只有农药，二十四小时不停地喷洒，让蝗虫来一批死一批。蝗虫面对天敌，都会调整自己的遗传基因，去年的农药，在今年就不一定有用。父亲只能换上更烈的农药，一年比一年厉害。农药不是用得越多越好，残留的农药对人体伤害太大。这个关键时候，也需要蜜蜂传播花粉，农药太多，蜜蜂都杀死了，稻花没有授粉，成熟的稻谷将是空壳。父亲明白对付蝗虫，不能全靠农药，青蛙就是最好的战友。在我的老家，没有人会伤害蛙类，人们都清楚地知道，蛙类的作用太大了。虽然蛙类肉质鲜美，让人难以忘怀，但是我们为了田地的丰收，从来不把手伸到蛙类身上。

虫患的战争打赢了，还有除草。野草的种子似早就埋伏在泥土里，田一耕好，就开始发芽、生长，不停地窃取水稻的营养，疯狂生长，高度很快就超过了稻苗。如果不及时清理，等野草把水稻的营养吸收完，水稻就再也没有成长的机会了。除草的时候，必须顶着烈日，父亲用自制的除草耙，在水田里来回钩动，把野草连根一起钩断，靠炎炎的烈日，烤死它们。这个正是“汗滴禾下土”的真实写照。

一次水稻的丰收，我看到了与父亲一样的农人们的艰辛。他们在田野里不停地战斗，洒下了无数汗水。由于他们昨天的努力，今天我们才能够吃得饱，一定不能忘记像父亲一样，一直在田野战斗的战士，更不能看不起他们。他们是为祖国经济建设做出了不可磨灭贡献的勇士。我们应该向他们鞠躬，表达最崇高的敬意。

第四辑　幸福一直在身边

惜 春

春风吹过大地，吹醒了小草，吹开了百花，春在不知不觉之中到来了。

路边光光的树枝上，一片片嫩绿色的细叶正伸着懒腰，慢慢地伸出了头，张望着新奇的世界；树底下的小草，也冒出了小嫩芽，几场春雨，就能够长大长高，绿了江南两岸；几只水鸭在河里欢快地游荡，不时地翻转，玩得快乐极了。

春风温和，像一壶醉人的酒，让人沉醉。人们纷纷脱下了厚厚的冬装，穿上了轻便的春装。路上、公园里人们的身影多了起来，他们在春风中奔跑着、跳跃着，与春天近距离接触。五颜六色的风筝，踩着春风一直向上，另外一头的孩子们，仰着头，欢叫着，洒下一片欢乐。

春阳和煦，像母亲温暖的怀抱，让人留恋，把人浑身变得懒洋洋的。爱静的人，一整天都愿意晒在太阳下，一杯清茶，一把靠椅，一本好书，在春日的阳光下静静地坐着，真是人生的一大快事；爱动的人，换上运动鞋，从山底一直爬到山顶，任春光照射全身，任汗水直流。

春雨如油，等待了一冬的小麦、油菜，正渴望着春雨的滋润。一声声惊雷响起，把天地万物都吵醒了，蚯蚓从地下钻了出来，青蛙也从洞穴中爬了出来，寂静的世界变得热闹了起来。

村庄仿佛一夜之间活了过来，农人们一改往日悠闲，开始忙碌起来。他们打开了柴门，修整好农具，然后扛起犁耙，赶着牛，走进了田野，把犁绑在牛身上，一声吆喝，开始了春耕。女人们打开地窖，搬出各类种子仔细挑选，准备进行播种。

百花再也耐不住寂寞，樱花、桃花、梨花热情地绽放开来，像一位位明媚的女子，肆无忌惮地展示着它们的美丽，红的、白的、蓝的、紫的，把大地装点成像准备出嫁的新娘。百花盛开，召唤来一群群蜜蜂和蝴蝶，它们飞舞着、欢腾着，享受着这一场盛宴。

我却躺在医院的病床上，羡慕地观望着这春日，唉……唉……一向坚强如铁的身体，怎么变得如此脆弱？我以前是名足球爱好者，一场球赛跑完全场一点问题都没有。时间的刻刀，把我变得面目全非，体重不停往上飙，烟酒侵蚀，让我躺在了病床上。

我期盼着快点好起来，也享受一下这春风、这春光，赏一赏这百花。其实不是什么大病，急性胃炎，需要住一个星期的院。我想春天不会这么快离开。

一年之计在于春，春天是一年里最好的时节。人的青春时代也是人生最好的时光。胃炎并不是什么大病，就是肚子胀得难受，吃不下饭，但是妈妈经常在我耳边唠叨：“老家一位亲戚得了胃癌，刚开始也是肚子胀；另外一个亲戚得了肠癌，刚开始也是吃不下饭。”她一再让我到医院检查一下，确认一下，是不是得了大病。我想反驳一下妈妈，她太敏感了，我才三十岁，还是小年轻，怎么会得癌症？妈妈根本就不给我机会，又给我举起了老家的例子，让我感觉老家一下子癌症遍地，而且偏年轻化。为了让家人放心，自己安心，我到医院做全身检查，抽血、B 超、胃镜，找一找身体是否病变了。当结果出来，我只是急性胃炎，住院打几天点滴就好了。大家都放心了，但是我的心却平静不下来。

人的一生匆匆不到百年，眨眼就过去了。从我自己牙牙学语到转眼女儿也牙牙学语了，时间的追杀，从来都很紧迫，而我们阻挡不了时间的流逝，只能珍惜时光，珍惜每一天。

姚贝娜在正是事业高峰的时候走了，她的声音、她的美丽，永远留在了人们的心里。白发人送黑发人，应该是世界上最残忍的事情了。珍惜时光，不虚度光阴，就是我们此刻要做的事情。在春日里，百花盛开的日子，多陪家人一起到公园里走一走，吹吹春风、晒晒暖阳、赏赏花、放一放风筝。

在周六的时候，我迫不及待地从医院逃了出来，没有选择到远方，就在家附近找了一个公园。有山有水，有花有人，这一个小公园，把整个春天都装了进来。红艳艳的樱花，正艳丽地开放着，绿色的树叶衬托着花朵，让花朵显得更美丽了；冬天里萧条的树枝，一簇簇细嫩叶子挂满了枝头，小草也变得绿油油的。

我与妻子带着小宝与妈妈、妹妹一起坐在公园的草地上，小宝已经开始会爬了，她对世界上所有东西都充满了好奇，看见小草爬过去抓起来往嘴巴里送，看见落在地上的花瓣也爬过去抓起来往嘴巴里送。小宝还不会说话，对周围的路人大声地用外星语与他们打着招呼，有人搭理她，就更起劲了，叽里呱啦一大通。在这一刻，我们应该忘记该死的工作，忘记该死的电脑，忘记该死的手机，只需静静地享受春天的温柔。

公园的人真多啊！年轻男女挽着手，悠闲地走着，男孩子说着什么笑话，把女孩子逗得笑弯了腰，幸福得像树上的花儿一样；已经有小孩的年轻夫妇，推着车带着小孩，一步一摇，逗弄着小孩，嘻嘻哈哈留下一路笑声；牵着小狗的主人，干脆放开了缰绳，让小狗自由地奔跑。小狗也很本分，围着主人欢快地转动，这里嗅嗅，那里嗅嗅，似乎在寻找春的气息。老人们相互搀扶着，看一看满园花开，听一听人声，如此春色满园的氛围内，他们仿佛也变年轻了，步伐都变得轻快了许多。

春来了，不要去管夏天还有多久到来，我们就应该好好珍惜春天的风、春天的阳光、春天的雨，珍惜与春天相处的每一天。

乡村春耕图

布谷声响彻整个山林之后，乡村瞬间变得非常热闹，农人们用汗水在大地上刻画出了一幅幅春耕图。

父亲是最早忙碌起来的人，听到布谷鸟叫后，急忙从墙上拿下放了一冬的犁和耙，仔细擦拭，然后赶着老牛进入了田野。虽然春阳已经很温暖，但是田里的水依然冰凉。父亲没有顾及那么多，挽起裤腿下了田，开始翻耕秧田。老牛的汗水与父亲的汗水，一起滴入秧田之中，分不清彼此。秧田是种植水稻的母田，必须细细耕耘，至少翻耕三次，然后施加足够的农家肥。母亲从牛圈里把积累了一冬的牛粪，一担担挑到秧田。汗水湿透了衣衫，淌在扁担上，把扁担磨得熠熠生辉；汗水滴在大地上，滋润着大地万物。

年幼的我们，看到父母如此艰辛，收起了玩闹之心，找机会帮父母干活。父母也不会客气，给我们分配了任务。我是男孩子，主要任务是照看老牛。老牛耕了一天的地，非常辛苦了，必须好好照顾它，寻找水草茂盛的地方，让它吃饱喝足，第二天才有力气继续耕地。水草茂盛之处一般位于深山老林之中，需要极大的胆量，非男孩子不能胜任。姐姐和妹妹也有任务，就是把母亲挑到田间的牛粪，均匀地撒在秧田里，让牛粪布满秧田的每一个角落。这个活看似轻松，却并不好做。虽然牛粪是草变的，味道还是非常难闻，近距离接触牛粪，并不是一件惬意的事。她们在撒牛粪的时候，双手不停地舞动，一天下来，双臂非常酸痛，吃饭的时候连碗都拿不住。这还不是最难受的事情，最难受的事情是撒牛粪的时候，汗水顺额头流下，却没有多余的手擦汗。一股痒彻心扉的感觉，让人非常烦躁。

母亲挑完了牛粪，从仓库里拿出水稻种子，细细撒在做好的塑料棚中，几个春日之后，水稻发芽，茁壮生长，变成了小豆芽一样长短，绿油油一片。这个时候，母亲再把稻苗小心翼翼地移植到准备好的秧田里，让它们长大长粗。

父亲紧赶慢赶把其他水田都翻耕好，稻苗长好了，就要开始插秧了。这个时候，一家人是忙不过来的，必须请人帮忙。我的故乡依然保持着帮工的习俗，一个寨子的人，相互帮忙，共同完成农忙。先在你家忙，再到他家忙，一路过去，在田地里种满了希望。当然，谁家先谁家后的问题，就要根据耕田速度和稻苗长势决定，谁家的田先耕好，谁家的稻苗先长好，谁家就可以先插秧。

这一天到来，这一户人家将是热闹的中心，大人们拿着自家工具赶到主人家，比如簸箕、箩筐等，小孩子肯定要跟在后面的，有热闹怎么能少得了我们呢？

主人家准备了丰盛的早饭，然后大家各司其职。女人们负责拔秧苗和做饭。她们分为两拨，一部分在家做饭，一部分到田里拔秧。在家做饭的女人，活也不轻松，这么多人的饭菜，必须分工合作，一起完成。她们聚集在一起，热闹非常。下秧田的女人把一根根秧苗拔起，积累成碗口大，然后用干稻草齐腰捆起来。女人们在一起，从来不会冷清，东家长，西家短，一阵阵欢乐的笑声，把整个天地都闹活了过来。孩子们就更快乐了，不需要做任何事情，只需要尽情地玩闹就好了。我们追跑、打闹，欢快的笑声，响彻村庄。

男人们把捆好的秧苗挑到水田边，按一定间距抛入水田，然后开始插秧。插秧可是一门技术活，秧苗不仅要插得正，还要插得直。一丘田里的秧苗像列队的士兵一样，整齐有序，这家人就会特别有面子。如果秧苗东倒西歪，这家人将成为村里的笑话，会被嘲笑很久。一个人秧插得好，插得直，就会被特别优待，吃饭的时候，都会坐在最尊敬的上座。插秧的活是非常累的，春阳很烈，人们弓着腰，一弓就是一天，汗水像下雨一样往下滴个不停。但是这个时候男人都没有觉得累，大家都较着劲，比试着谁插得直，谁插得快，好抢上座的位置。

一户人家的田，两三天就插完了，然后下一家。当整个田地一片绿色，春耕就结束了，春也离去了。随着时间流转，我们渐渐长大，一个个走出了家乡。但是农人们忙碌的身影，刻画出的春耕图却一直留在我们心里，经久不散。

通往幸福的小路

“走在乡间的小路上，暮归的老牛是我同伴，蓝天配朵夕阳在胸膛，缤纷的云彩是晚霞的衣裳……”我的记忆里有许多条乡间小路，最难忘的是去外婆家的那条小路，一条通向幸福的路。

通向外婆家的那条路，是一条弯弯曲曲的沿河小路，沿着河岸一直延伸至远方，小路与河流像一条黄龙和一条青龙相互缠绵，你中有我，我中有你，小路的尽头就是外婆家。每次去外婆家，我都要在小路上走三个小时。

小路位于峡谷之中，只余一抹天色，天光若隐若现，让人仿佛走进了桃源深处。两侧山高而陡，怪石林立，千奇百怪，有的像狮子，有的像老虎，有的像奔马，让人仿佛置身于一个石林动物园。坚强的树木盘根错节，从山底一直延伸到山顶。郁郁葱葱的树林，把小路常年笼罩在绿色之中，把河水映照得更绿、更迷人；河水清澈透底，河中的乱石，绿色的苔藓，鱼虾游鱼都纤毫毕现，欢快的游鱼自由自在地在其中游荡，有时聚集在一起，有时冒出水面吐一个泡泡。当有行人经过的时候，它们才忽然四散开来，藏于乱石和水草之中。水流湍急，哗哗的水声不绝于耳，如果撑船前行，便能体会到“两岸猿声啼不住，轻舟已过万重山”的景况。

每年过完年，父母都会带着我们三姐弟到外婆家拜年。母亲从火炕上挑一块最好最大的腊肉，拿上几个圆圆的糍粑，用扁担挑起来，朝外婆家出发。我们穿上最漂亮的新衣服，个个打扮得花枝招展，紧紧跟在父母身后。

到外婆家的小路是条黄泥路，晴天还好，下雨天，便寸步难行，一个脚印一个泥坑，一不留神还会滑进河里。我们非常讨厌这条路，很不愿意走，我们的新衣服总会被弄脏，但是在一个春暖花开的日子里，我们改变了心中的想法。

那一年，春天来得特别早、特别快，年才刚过完，一蓬蓬红的、蓝的、白的山桃花，像急性子的春姑娘，在万物还在沉睡的时候，便急匆匆地打开了花蕾，张扬地绽放，瞬间把死寂的世界激活了。一片片桃花映红了我们的脸，耀花了我们的眼，让我们感受到浓烈的春天气息扑面而来。

我们飞快地冲入桃花之中，在花海中舞蹈，在花海中打滚，像欢快的小鸟，玩得忘乎所以。我们一会儿采山桃花做花环，比谁的好看；一会儿躺在桃花地毯上，感受桃花的温柔；一会儿捡起石头打水漂，比谁打得远。这个时候，父母并排站在一起，静静地看着我们玩闹，多么美好的画面啊！真希望时间能够永远定格在这一刻。

我们在小路上大呼小叫，把山林飞鸟惊飞了起来，把河里游鱼吵醒了过来，也把父母的心闹活了过来。他们不再站着不动，也加入了我们的游戏。我们在一起追打，一起欢笑。小路上留下了我们无数的欢声笑语。母亲的歌喉一向较好，欢快的心情，美好的环境，让她兴致高昂，开始高歌一曲。她那像百灵一样的歌声，响彻山林，把我们的快乐推向了最高峰。父亲非常喜欢母亲的歌声，在一边眯着眼睛打着节拍，非常默契地配合着母亲。我曾听说父亲与母亲相遇，就是父亲被母亲的歌声吸引，两人才渐渐走到一起。我只是有些遗憾，当时没有摄像机，没能把一切记录下来。

直到黑色的幕布挂上天际，我们才重新开始赶路。这个时候，外婆家异常热闹，姨父和姨妈、大舅和大舅妈、小舅和小舅妈带着孩子们都已经到了。外婆已经准备了许多好吃的食物，只等我们一到就开饭。红红的火炉，热气腾腾的食物，我们感到温馨极了。

这条小路路途遥远，也不好走，但是我们却渐渐喜欢上了它，因为它带给我们快乐，带给我们温暖，是我们心中的幸福之路。时光飞逝，如今村村通了公路，再也不需要步行，坐上车，一转眼就到了外婆家，但是我更怀念步行的岁月，怀念漫天飞舞的桃花雨。那里，曾洒下了我们一路的欢声笑语。

乡村夏夜

温柔的春姑娘离去之后，火辣的夏姑娘来了。夏姑娘带来了最热情的问候，九十天里均要露一次脸，让人透不过气来，汗水像求生的小草，要冲破皮肤的束缚，一个劲儿往外钻。

太阳照射了一天的城市街道，在夜间向天地散出热浪，一阵高过一阵，直到凌晨时刻才真正凉快下来。太阳一出来，新一轮热浪又开始了，周而复始，仿佛永远没有尽头。多么希望有一场雨，多么希望有一阵风。冷雨浇头，清风拂面，多么惬意啊！

在我的故乡，夏日里一整天的热量，都被茂密的树林吸收，夜是凉爽的。劳作一天的农人，在夜间终于有了空闲，开始丰富的夜生活。我们小孩子也解放了，可以任意奔跑了。

当太阳落下，月亮与星星躲进了云层深处，夜变得漆黑，突然一抹荧光在夜空中展现，这是夏夜的精灵——萤火虫。它们聚散飞扬，聚是一束亮光，散是无数星光。它们穿过树梢，似给树披上了霞衣；它们经过溪流，把溪流变成了银河；它们飞过窗前，带给人亲切的问候，让人迷醉。

传说，萤火虫是死去的人的灵魂所化，死并不是生命的终结，而是以另外一种形态，继续生存。人们在夏夜里看到萤火虫飞舞，感到特别亲切。因为萤火虫群中可能有自己的亲人，大家都希望它们过得逍遥快乐。人们站在远处欣赏美丽的光，不忍捕捉它们。有时一只萤火虫落单了，飞进了屋内，找不到出去的路，房屋的主人还会小心翼翼地放它出去，让它快乐地飞走。

萤火虫太美丽了。无论多么神奇的传说，都阻挡不了我们对它们的热爱。我们经常跟着它们的光飞舞，与它们一起在山谷之中玩闹，让它们落在头顶，落在手心，沐浴在微光中，与它们对话，感受它们的思想。但是它们总是飞得太快，我们还没有玩过瘾，它们就飞走了。为了留住美丽的微光，我与姐姐用透明的瓶子把它们抓起来，放在床头。它们似一盏明灯，伴我们入眠。第二天，当我们睁开眼，发现萤火虫都死去了，再也不能发光，我们伤心了很久。从此以后，我们不再用瓶子抓它们，只站在远处，静静地欣赏着它们。我们懂得了自然美，才是最美丽的风景，人造的美，就算很美，也不会长久。

夏日的夜里，蟋蟀鸣叫，似一群合唱者，在歌颂着夏夜。原本单调的夜，有了它们的歌声，不再那么单调，有了一丝生气。我与小伙伴们经常追寻着声音，把它们抓来，放在竹筒里面，让它们相互打斗。叫声越响亮的蟋蟀，武艺越高强，是其中的霸主，可以以一敌十。谁抓到了这片区域叫得最响的蟋蟀，整个夏天都将立于不败之地。

在农田里劳作一整天的父亲，吃完晚饭后，拿上蒲扇，就出门纳凉了。村头的大树下，一向是人们的聚集地。这里靠近溪流，也是风口，风来必经过这里。大家一排坐开，唠唠家常，聊聊近况。热气渐散，再在溪流里洗个澡，冰凉的溪水，瞬间洗去一身炎热，然后开始了新的活动。

男人们拿上电筒，进入山林之中，山与山之间的沟壑，有水流之处，正是田蛙的活动场所，凉爽的夜里，它们出来捕食。一束束光亮照过，这山间精灵，从未见过如此光亮，吓得一动不动，任由人们抓捕。田蛙有益于人类，帮助人们除去害虫，人们并不愿意伤害它们。但是人们生活太艰难，家里缺粮下锅，抓一些田蛙，拿到集市上卖掉，也能换些大米解燃眉之急。我常跟在父亲身后进山，抓田蛙不是主要目的，为的是抓溪流之中的鱼儿。溪流水质清澈，一束强光，直透溪底，溪流之中的一切，一览无遗。一个小渔网就是我的工具，在光亮照射下，鱼儿也一动不动，任由我抓捕。田蛙将被拿到集市上卖掉，而小鱼被留下来，让我们打打牙祭。

女人们也不空闲，她们常聚集在一起，学习打腰鼓，不但能够健身，还能娱乐身心。母亲一直喜欢唱歌跳舞，白天忙于农事，晚上缝缝补补，总是有干不完的活。当我们生活变好了些后，她终于能腾出手，追求自己的快乐。母亲参加腰鼓队后，对音乐和舞蹈的敏感，让她不久就当上了腰鼓队队长。别的腰鼓队舞蹈都是照着视频学习，一模一样，没有什么新意，而母亲都是自编自导，对原来的舞蹈进行了创新，另有一番味道。县里组织腰鼓大赛，母亲的腰鼓队还获得了一等奖。

故乡的夜是凉爽的，也是热闹的，温馨的，令人怀念的。远在他乡的游子，在他乡闷热的夜里，只要想起故乡的夏夜，就瞬间凉爽起来。心静则凉，此言不虚呢。

乡村的瓦

瓦片是乡村的符号，自瓦片从泥土之中诞生，它们就一直跟随着人们，见证了沧海桑田，世事变迁。

一、乡村瓦语

乡村的房屋都离不开瓦片，弯弯的瓦片，像鱼鳞一样，一片紧挨一片，不但给人们遮风挡雨，而且给人们带来一道风景。瓦片似乎害怕寂寞，紧紧地相拥，呈“人”字形伏在一座座房屋上，像一朵朵巨大的花在苍穹之下绽放，让乡村变得有了色彩。

瓦片与人们的生活紧密地联系在一起，成为人们生活的一部分。外表冰冷的瓦片，内心却充满了火热。它们经常用不同的瓦语与人们进行交流，带给人们温馨和快乐。

落雨是瓦片的传音器，春雨轻柔，夏雨欢快，秋雨宁静，冬雨冷寂。雨点在瓦片上跳动，声音从瓦与瓦之间传递给人们，让人们知四时，能准确安排农事。四季变换的雨声，是瓦片的乐章，让屋里的主人尽享欢乐。我从小住在瓦片之下，对瓦语非常熟悉。小雨落在瓦上，像细鼓轻敲，嘈嘈切切，我最喜欢跟随细雨轻敲瓦片的节奏奔走，仿佛心也奔跑了起来；大雨落在瓦上，像战鼓轰鸣，万马奔腾，让我热血沸腾，仿佛站在了战场上，正准备进行一场旷古大战。

风是瓦的另外一种瓦语。风带来远方亲人的消息，通过瓦语传递给人们。轻轻的、柔柔的春风，是思念的风。风从瓦片缝隙进入，带来母亲般的抚摸，带来父亲般的教诲，带来姐姐般的安慰。春风里，我特别喜欢在风声之中睡觉，风里的思念到了，让我非常心安。猛烈的大风吹得瓦片似要飘起，风里只有愤怒。瓦片惊恐，屋里的人也惊恐。风里藏了恶魔，让人们赶快逃离。

阳光也是一种瓦语。春日里丝绢一样的阳光，透过瓦片，给瓦片下的人们带来温暖，让人们知道春天来了，不需要再藏在屋里，可以到外面走一走了。炎热的夏天，利剑一样的热浪，仿佛穿透了瓦片，到达人们身上。烈阳被瓦片过滤，不再强烈，变得清凉，让人们不再害怕炎热。

乡村瓦片以独特的方式，与人们一起走过了无数岁月。但是，有一天人们不需要瓦片了，把它们抛弃在山野里，瓦片藏了一肚子的话，再也没有诉说的对象。

二、雨与瓦的前世之约

雨与瓦是一对天生的冤家，在天地间上演了一场场聚散离合的故事。

从人们发明了瓦片以后，雨便爱上了瓦，在无数个村庄进行了一场场恋爱角逐。雨对瓦的爱，情真意切、纯洁无瑕，从相遇的那一刻，雨就认定了瓦，一定要瓦做它的爱人。

雨第一次落在瓦上，惊扰了瓦的梦，受瓦的怒踹，碎成无数片。雨与瓦的初见并不美好，但是雨没有气馁，散开了，再聚拢，然后沿瓦沟涓涓流下。雨追求瓦是有策略的，以实际行动，一点点敲开了瓦的心扉。

春雨是无声的，轻轻地来，轻轻地去，在夜色里抚过大地，给万物带来如油的营养，滋润大地，让人难以察觉。瓦看到雨的诚意，愿意与雨说话了，干燥的瓦片变得潮湿就是证据，雨与瓦已经说了一夜的悄悄话了。

夏雨是急躁的，来得快，去得也快，雨牺牲了自己，给农田里的庄稼注入了血液，让庄稼能够自由生长。瓦允许雨多停留片刻，滴滴答答的雨声，一阵急，一阵缓，正是雨与瓦不紧不慢的热聊。

秋日的雨是缠绵的，一阵又一阵，雨毫无保留，放肆飞舞，清洗着大地的污浊。瓦的心已经被感动，完全打开，雨与瓦进入了如痴如醉的状态，一日不见，如隔三秋，说不完的情话，诉不完的衷情。

冬日的雨是冰冷的，落在瓦片上，马上变成了冰。这是瓦的手段，为了与心爱的人相聚，宁愿献身寒冷。瓦终于如愿以偿与雨合为一体，享受片刻温情。

雨与瓦爱得死去活来，雨已经习惯了瓦的怀抱，所以当瓦片消失了，雨再也找不到恋人，生气地乱窜，脾气越来越坏，上演了无数次“水漫金山”，给人们带来了许许多多的灾难。

一片片瓦，代表了一座座村庄，也代表了一个个故乡。当瓦片消失了，故乡亦消失了。雨最终会找到新的情人，但是人类呢？也会找到新的心灵寄托之所吗？

我走在水泥城市里，看着飞舞的雨，多么想变成一片瓦，与雨再来一次前世之约！

乡集暖如画

春天来了，我脱下了厚厚的棉衣，与朋友一起到野外踏青，享受一番迷人的春光。我们经过一座小镇的时候，小镇正逢集市，人山人海，热闹非凡，糖人、冰糖葫芦、爆米花、臭豆腐、烤羊肉串、烤鱿鱼，漂亮的衣服、各种各样的鞋子、无数的玩具，广西的荔枝、陕西的苹果、浙江的瓯柑……如此多的东西，看得我们眼花缭乱，让我们流连忘返，干脆下车逛一逛集市。大家都大包小包采购了一大堆，然后心满意足地回家了，踏青的事情早忘在了脑后。

“从春忙到大秋里，腌上咸菜忙棉衣，从仓库里拿出一斗米，来到集市把米卖，买了一把花雨伞，买了一根圆扁担，还有簸箕与撮箕，欢欢喜喜把家回。”赶集是人们的交流时间，三山五岭的人把农产品销售出去，然后买进肥料、种子、农具和茶米油盐。赶集的时候，你挤我，我挤你，叫卖声、叫骂声、车鸣声，让人分不清东西，找不到南北。如此热闹的场景，也总让人感到欢喜，让人感到温馨。

在我的老家，赶集又叫赶场，在大家约定的日子里，在特定的地方相互交易。每次赶集，都是我最快乐的时光。

一条不长的街道，南北走向，街道不宽，两侧是民居。一排排建筑风格各异的房屋，欧式的、木质的、砖石的，一直排列至江边。江是清水江，我们的母亲河，清澈的河水，翻滚的浪花，推动着船只来来往往，从外面带来丰富的物资，满足了我们生活的需求。两侧房屋一楼都是门面房，开餐馆、卖衣服、卖鞋子，但是当集市来临，这些远远不够。于是，人们在门前架上两条高板凳，放上一块门板，把物品摆在上面，这算是正牌的地摊吧！

摆地摊的商贩，并不固定在一个集市，他们来往于不同的集市，凡是周围镇子赶集，都可以看到他们的身影。商贩们头脑很灵活，并不是一股脑什么都卖，他们知道专一而精的道理，卖农具的全是农具，镰刀、柴刀、菜刀、犁耙、扁担、箩筐、篮子；卖衣服的专卖各种衣服，男式的、女式的、老人的、孩子的。

地摊上的货物很实用，而且价钱好说，都是认识的人，卖东西的人不死咬着价钱不变，买东西的人也不死压价，有的时候还是友情价，并没有商人重利的嘴脸。集市上一片和谐，你好我好，大家喜笑颜开。

从我家到镇上路途遥远，二十多里路，全靠步行，一般没有什么事情，父母很少去赶集，就算去赶集，也是来去匆匆。如果带上我，就影响了他们的速度。每一次，父母要去赶集，我就开始动脑筋，如何让他们带我一起去。我跟妈妈撒娇，说要到街上买钢笔、买作业本、买橡皮。当妈妈终于同意我随他们一起去，我开心得几乎跳了起来。

为什么我这么喜欢赶集呢？集市上无数的新鲜事物，各式各样的人，都深深地吸引着我。

男孩子谁不喜欢玩具，集市上最新的玩具枪、小汽车、小火车、小飞机，虽然我只能看一看，没有钱买，但是也很满足。我回到家后，可以跟小伙伴们吹很久的牛。

集市上有无数课外书，书中神奇的故事，胜过爸爸妈妈讲过的所有故事，我一向被它们吸引，赶集的大部分时间，我都停留在书摊边，一本一本如饥似渴地观看，似要把所有的书都看完才罢休。但是书摊主人却不太乐意。我一直在看，却不买，他早讨厌我了。我却没有宋仁溥的本事，不然也震一震他。宋仁溥是我们家乡一位清朝的状元，据说他年少的时候，因为家贫，没有钱买书，经常到书摊看书。他去的次数多了以后，书摊老板就说，你一个穷小子，不买书，光看书，把我的书都看脏了，不允许再看。宋仁溥回答道：你书摊上的书我早都会了，不信你随便问。书摊老板当然不信，就考起宋仁溥来，结果无论什么书，宋仁溥都倒背如流。书摊老板震惊了，以后宋仁溥来书摊随便看，再也不赶他了。宋仁溥一有时间就来书摊读书，疯狂吸收书本上的知识，最后高中了状元。

集市上吸引着我的，还有无数的小吃，油炸粑粑、凉粉、米豆腐、马打滚、米粉，等等。脆香的油炸粑粑，一口一个，满口流油；清凉的凉粉，在炎热的夏季，一碗下去，整个身心透心凉；圆圆的糯米粑粑，在黄豆粉里一滚，变成了香甜的马打滚，让人吞掉舌头；软腻的米粉，本地产的大米，嚼劲十足，香醇迷人。在众多的小吃中，如果只能选择一样，我一向选择米粉，一碗简单的米粉，加点臊子、折耳根，让我迷恋。一有机会赶集，我就会吃一碗米粉。

集市上最吸引我的，当然是街上耍猴、卖艺的，他们吆喝一声，舞动鞭子，猴子就听他们的指令，让干什么就干什么，给人们鞠躬、钻火圈、跳舞，真是太神奇了。我老家并没有猴子，第一次见到真的猴子，让我感到特别新奇，也特别同情猴子，它在大山之中多么无忧无虑啊！卖艺的人上刀山，下火海，让我觉得好奇，他们似铁做的人，踩在锋利的刀山上，穿过炙热的火，连眉头都不皱一下。原来世界如此精彩，我只不过是井底之蛙，世界上还有无数风景等着我欣赏。

集市让我看到外面世界的影子，让我知道，世界广阔，存在无数的神奇事物和美丽的风景，它们成为我前进的动力，鞭策我努力走出大山。

我长大后，走过了很多地方，看过了很多风景，见到了很多神奇的事物，还有各种各样好玩的、好吃的，但是我还是最喜欢家乡的集市。每次回家，我都会特意等到赶集的时候，到街上走一走，就算什么也不买，那种温馨的氛围，也会让我感到好幸福。

家乡的茶油林

大自然多么神奇啊！无花果不开花就能结果。茶油树开一次花，却结两次果，而且花果同枝头。有词云：“时逢小阳春，白花片片仑。寒霜飞雪更娇艳，情色终不减。花果同枝上，叶青冻不黄。未见余花争娇艳，独汝欣欣展。”

茶油树第一次果实成熟是在清明时节，是专门为小孩子准备的一种野果，叫“茶油苞”；第二次果实成熟在秋天，才是真正的茶油果，可以用来榨油，榨出的油色泽金黄，气味清香，具有极高的营养价值，素有“东方橄榄油”之称。茶油果挂满枝头的时候，白色的茶油花也会开遍山野。

我们村房前屋后都是郁郁葱葱的茶油林，它们生长在陡峭的山坡上，自山底一直延伸至山顶。茶油树四季常青，绿油油的树叶，记录着春夏秋冬的变化，却从不留下痕迹。茶油林生长速度很缓慢，几十年的老树，也不过碗口大，二三米高。一片片茶油林，间距不等，杂乱无章，甚至两棵挤在一块，从我懂事起，就已经成林。村里有先见之明的人们，披荆斩棘，从杂乱的山林中清理出茶油林，才让我们吃上了浓香的茶油。

“清明时节雨纷纷，路上行人欲断魂。”清明一向多雨，恼人的雨让人心烦。一个冬天的蛰伏，人们早已经憋坏了，一直等待着风和日丽的日子，走出家门，到野外踏青，享受春日的风光。小孩子们更惦记着山间的“茶油苞”，白白的，像包子一样，捏上去软软的，吃起来甜甜的，有一股嫩叶的味道。

小时候，每年清明的时候，我都要去给故去的爷爷扫墓，顺便踏青。扫墓在一个“扫”字，一整年了，爷爷的墓需要清除野草，整理排水沟。爷爷去世得很早，我从来没有见过他，对爷爷的印象，就是在清明的时候，爸爸妈妈带我到一片茶油林中，指着其中的一个上包对我说：“你爷爷就睡在里面，平常没有时间来看他，现在多磕几个头，让他保佑你身体健康。”那时，我只想着摘“茶油苞”，不太清楚一个土包代表什么。后来，我知道谁也无法逃脱回归泥土的命运，就有点害怕。但是，命运之轮的运转，一向一视同仁。正因为如此，我懂得了生命的可贵。

我们扫完墓，大人们先回家，孩子们就回归了山野，像鱼归大海，寻找着又大又白的“茶油苞”。我们爬上茶油树，争相比较谁摘的“茶油苞”大，谁摘的白，谁摘的好吃，完全忘记了时间，直到太阳落山，黑色的幕布遮挡住了天空，山林寂静起来，才想起回家。“茶油苞”的存在时间很短，从成熟到枯落，不超过一个星期，下雨的天气，枯落得更快，一场春雨，就掉光了。于是，我们就想把它们储存起来，再想吃的时候，就可以拿出来吃。我们用小树枝条，把一个个白白胖胖的“茶油苞”穿起来，盘成一个圆圈，挂在脖子上，开心地带回家。第二天，我们欢喜地找到昨天的成果，却发现“茶油苞”变得干瘪瘪的，像棉花一样，再也没有可口的味道，只能痛心地扔掉。于是，我们期盼着明年“茶油苞”快点挂满枝头，让我们能够再次品尝可口的味道。

金秋十月，茶油果已经成熟，圆形的果实挂满枝头，把树枝都拉得向下坠，有的几乎垂落到地上，大的茶油果有小孩拳头大，小的茶油果只有核桃大，青中带红，像红苹果一样诱人，让人忍不住咬一口。人们摘茶油果的时候，不高的茶油树，可以站在树下，一只手抓住树枝拉下来，另一只手把茶油果摘下来放进背篓里；高一点的树，要爬上去采摘；实在太高了，就需要找一根竹竿，左右敲打，茶油果噼里啪啦落下，像下起了冰雹，躲闪不及的人，头上就会被砸出大包。摘茶油果是精细活，男人们都粗枝大叶，只会挑选长得显眼、长得大的茶油果下手。掉在草丛里的茶油果，他们从不会管。这样就造成一片茶油林采摘过后，其他人再去捡，还有很好的收获。两次都没有被捡走的茶油果，在来年的春天，就会发出嫩芽，慢慢地长成大树，代替老了的茶油树。这样茶油树就进行了新旧交替。

茶油果与板栗一样，厚厚的外壳包裹里面的籽，壳里面有四个房间，住着四个似月牙形的茶油籽，是用来榨油的原料。茶油果采摘回来后，不能直接在太阳下晒，只能放在通风处晾干，让它们自己开裂。这时候，就该我们小孩子登场了，茶油果里面会有一种虫，像蜂卵大小，白白胖胖的。茶油果晾了几天后，它们就从里面爬出来。我们一个一个抓起来，把火烧旺，放上铁锅，然后放入洗干净的茶油虫，连油都不需放，就得到了一盘又香又脆的美食。茶油虫油而不腻，又香又脆，也很有营养，是孩子们最爱的一道零食。

茶油果开裂后，有些底座没有完全断开，还需要一颗颗地挑开，把里面的籽拿出来。冬日里，人们没有什么事情，就会围着火炉，一边看电视、聊着天，一边剥着茶油壳。天气好的时候把茶油籽晒干，天气不好时，还需要用火烘干。剩下的壳是烧火的好材料，里面含油脂，燃烧得很旺。

茶油籽晒干了，或者烤干了，就可以送去油铺榨油了。以前，全是手工作坊，茶油籽进入油铺，先要把它们炒熟，然后磨碎，磨碎后包成圆形的油包，最后放入榨油机，利用手推打的方式，把油砸出来。榨油是力气活，油铺里的汉子都必须身强体壮，没有足够的力气推不动木槌，敲打不出鲜油。榨油剩下的油渣，还可以做农药，是农田里最天然的杀虫药，对水田里的蚂蟥最有效。插秧季节，人们下水最怕的就是蚂蟥，不到十分钟，抬起腿四五条蚂蟥趴在腿上，吸得肚子浑圆。第一次春耕的时候把茶油渣撒在水里，一条条蚂蟥就横躺在田间，变成了肥料，插秧的时候再也不用害怕蚂蟥了。

茶油果熟了后，花期也至了，白色的四瓣花朵，像一个个小碗，包围着黄色的花蕾。花开的时候，浓烈的香味和醇香的花蜜，吸引了无数蜜蜂来采花蜜，也吸引了无数小孩子来吸食花蜜。我们利用空心小草作为吸管，吸出花朵里面的花蜜，有的花蜜太浓，变成了固体状，黏住了蜜蜂的脚，也黏住了我们的嘴巴。吸取花蜜必须斯文些，有的人粗鲁地用嘴巴吸，往往满嘴都是花蜜。如果吸到黄色的花蕾，就会尝到满嘴的苦。

由于野生茶油树产油不多，一大片茶油林仅够村民们自己食用。于是，有人提议砍掉野生的茶油林，种上杂交茶油树，产量多些。不过，所幸最后没有砍成。现在，人们都喜欢绿色食品，越天然越喜欢。县里正规划开发茶油产业基地，同时开发观赏茶油花、体验摘茶油果等旅游项目。茶油林也有了发光发热的一天。我衷心地希望家乡的茶油林越来越绿、越来越美丽，希望茶油产品走向全世界，家乡也越来越好。

那一片竹海

春天，万物苏醒，大地深处的精灵——竹笋，经过一个冬季的酝酿，积蓄了足够的力量，把地面拱出了一个个小土包，最后一使劲，终于冲开了厚厚的泥土，拨云见日，呼吸瞬间舒畅了。

高处的世界太精彩，但站得太低，看不分明，于是，它们又使出全身的力气，一节节往上。春雨如丝，竹笋节节高，用不了几场雨，竹笋就伸出了横枝，长出了嫩叶，变成了竹海的一部分。从古到今，人类生活都离不开竹子。苏东坡曾经感慨地说："庇者竹瓦，载者竹筏，书者竹纸，戴者竹冠，衣者竹皮，履者竹鞋，食者竹笋，爨者竹薪，真可谓一日不可无此君也耶！"

我家不远处有一条河，河水为我们灌溉农田，为我们洗涤衣物，是我们的母亲河。陡峭的河岸长满了竹子，竹子为常见的楠竹，有的碗口大，有的手臂粗，根连着根，叶连着叶。竹子靠根生育，根往哪里延伸，竹子就长到哪里。满山遍野的竹子，是一片竹的海洋。

谁家需要竹子，自己动手砍就好了，所以村里竹制品特别多，随处可见竹屋、竹桥、竹席、竹筷、竹篮、竹簸箕、竹撮箕等。竹子变成一件成品，可不容易，这是一门手艺。在农村，有这门手艺的人叫篾匠。以前篾匠很吃香，每到一个村子，村民们都得好酒好菜招待，为的就是让他编织出称心如意的用具。

篾匠讲究的是手巧，一双巧手，把呆板的竹子变成了灵动的用具。从山上砍来竹子，圆形空心的竹子是一个整体，用锋利的刀劈开，平分成合适的细条，再把竹子青色的皮剥下。这层皮才是所需要的部分，没有什么技巧，只能熟能生巧。篾匠剔好了竹子，就开始编织东西了。篾匠的心里早有模型，编织起来得心应手，只见他双手转动，高楼大厦平地起，从无到有，一件美丽的用具就出现在眼前。

小时候，我们总喜欢围着篾匠转。篾匠的手太巧了，还可以利用竹子编织出玩具。一只蛐蛐、一条青蛇，太逼真了。蛐蛐还能叫，青蛇还会动，我们喜欢得不得了。只可惜篾匠为了赶时间，没有时间为我们编玩具，偶尔编织一只，都被我们当宝贝收藏起来。

父亲年轻的时候，总做一些与众不同的事情。那时候，人们一辈子在田地里面朝黄土背朝天，贫瘠的田地连温饱都解决不了。于是，父亲劳心劳力地学习编竹篮、竹簸箕、竹撮箕。农闲的时候，父亲进入竹海，顶着烈日，在蒸笼一样的竹海里，砍来合适的竹子，把竹子编成竹篮、竹簸箕、竹撮箕，拿到集市上卖。毕竟父亲刚学，东西很实用，但卖相实在太差，再则父亲脸皮薄，不好意思叫卖，一整天连问价的人都没有，最后东西都送给了亲戚。篾匠非一日之功。父亲没有太多耐性，便放弃了成为篾匠。他的第一次副业就这样失败了。

父亲的第二次副业，还是与竹子有关，是为纸厂砍竹子。东晋以后，人们开始利用竹子造纸。竹纸洁白柔软，纤维细腻，相当受欢迎，王羲之真迹多用竹纸书写。竹纸的制作过程相当复杂，一根根竹子被砍倒，剔掉枝叶，砍成一定长度，一捆一捆地绑好，放入水池中加入石灰泡起来，至少半年时间。当竹子烂掉后，人们再进行敲打、蒸煮，留下有用的纤维加工成纸。

为了经济发展，县里盯上了竹海，通过招商引资，引进了一家大型外资造纸厂。这是一场盛会，在偏远贫困的内地，有一家外资企业加入，县里经济肯定能上一个台阶。为了迎接外资企业的到来，县里特意举办了一场演唱会，嘹亮的歌声唱响了新的曲章，漫天的烟火点燃了新的希望，人们脸上洋溢着喜悦，这是欢乐的笑容。造纸厂的建立解决了附近村子许多剩余劳动力的就业问题，人们再也不用外出打工了，人人脸上挂着笑容，这是幸福的笑容。

一年之后，一片片竹子倒下了，河水变成了黑色，难闻的气味飘散在空中，人们脸上再也看不到笑容。洁白的纸，像白雪般洁白无瑕。谁又知道，造纸厂的到来，使得多少绿色消失，多少河流变黑。

大山的恩赐

我的故乡位于群山之中，一代代人正是靠大山的恩赐，才得以繁衍生存。

一、蕨菜

春天刚到，细嫩的蕨菜便从地面探出了头，好奇地张望着世界。

蕨类植物生命力之强，平生仅见，凡蕨菜生长的区域，别的植物完全没有生存空间。它们从地下进攻，根与根紧紧连接在一起，吸收着一切营养。别的植物没有足够的营养，结局只有枯死。

“竹笋初生黄犊角，蕨芽初长小儿拳。试寻野菜炊春饭，便是江南二月天。”蕨菜还像小儿拳，稚嫩正当时，我与七八个小伙伴，提着篮子，进山打蕨菜了。一簇簇嫩嫩的蕨菜，筷子长短，正是收割的好时节，再长些分杈开花，蕨菜就老了。我们一路收割过去，不大一会儿，小篮子就装不下了。然后小伙伴们开始玩闹，你追我打，欢快的心情在春天的气息里荡漾。手巧的女孩子用野花藤编织起花环，你戴一会儿，我戴一会儿，互相臭美；男孩子在山野里又跳又叫，仿佛要把所有的力气释放完才罢休。直到天色已暗，我们才匆匆提起篮子赶回家。

陆游有诗云："箭茁脆甘欺雪菌，蕨芽珍嫩压春蔬。"可见蕨菜的美味。我们回到家，把蕨菜洗干净，取出洗好的蕨菜用水一掸，细细切好，直接凉拌，或者放入辣椒爆炒，入口嫩滑，嚼之细脆，味甘香浓，让人恨不得连舌头一起吞进去。

蕨菜营养丰富，含有各类维生素和微量元素，具备益气、利尿等功效。如果吃多了不遵循时令的大棚菜，初尝一次原汁原味的蕨菜，真让人回味无穷。每当蕨菜上市，人人都争相购买，到酒店吃饭，它是必点的一道菜。

在过去，蕨菜扮演的是充饥的角色，伯夷、叔齐在首阳山中，就是以蕨菜充饥。在灾荒年代，蕨菜多次救了人们的命。不但蕨菜枝叶能吃，蕨菜根也可以吃。一大块蕨菜根挖出来后，淘洗干净，然后用石磨磨碎，再一次用清水淘洗，留下汁液，然后让其慢慢沉淀，并多次换水，直到蕨菜粉完全变白，就可以吃了。吃的时候，把锅烧热，倒入蕨菜粉，不停搅动，就得到蕨菜粑，直接煮来吃，或炒来吃。现在，人们生活越过越好，如此复杂的工艺，再也没有人愿意做了。

每到蕨菜成熟的时节，我又想起了家乡的蕨菜，想起母亲做的色香味俱全的蕨菜，顿时舌底生津，真想再美美地品尝一次。

二、竹笋

春雨如油，绵绵的春雨下，竹笋从厚厚的泥土里冲了出来。没几日，就长高长壮，绿了江南。

竹笋纤维素含量极高，排毒、清理肠胃的效果很好，所以一向受人们宠爱，但是人们更喜欢的是竹笋的鲜，在竹笋还没有冒出头的时候挖出来，那个鲜，无法用文字描述，待竹笋长出地面很高，再吃就老了。

李商隐诗云："嫩箨香苞初出林，於陵论价重如金。"细嫩的春笋的确胜过黄金，人们把它们从泥土之中挖出，剥开外壳，清水煮过，清炒后便是一道人间美味，细嫩酥软，味道淡雅，一股淡淡的竹香，让人迷醉。

竹笋分很多种，常见的楠竹，多长在房前屋后，为人们特意栽种，竹笋多留着长成竹子。在农村，竹子的用处大得很，许多用具都是用竹子做成的，竹簸箕、竹撮箕、竹席、竹篮、竹筷，甚至还有竹屋。楠竹笋生长得很快，几个春日就老了。人们还想要品尝鲜美的竹笋，只能等到初夏。山间小一些的竹类长出了竹笋，人们可以任意采摘，大一些的拇指大小，小一些的小指大小。

雨后天晴的日子，就是我们上山打笋的时间，穿过密密的树林，踩着厚厚的树叶，寻找着大山之中的宝物。这个时候，我们必须带着十二分警惕行走。从第一声春雷响过之后，冬眠之中的长蛇已经醒了过来，竹林正是它们的活跃之地。它们喜欢躺在地上，或者挂在竹枝上，等待猎物经过。如果不小心踩到它们，或者碰到它们，就会受到攻击。大自然里有无数种长蛇，很多含有剧毒，地上常有的毒蛇有眼镜蛇、五步蛇、金环蛇、银环蛇；竹枝上多为竹叶青。每一种毒蛇，无论大小，只要被咬到一口，不及时救治，都将失去生命。我们必须小心翼翼地在山林之中行走，走路的声音尽量大些，手上一定要拿一根棍子，边走边拍打两侧，才能"打草惊蛇"。

我们历经辛苦，从大山之中采摘来竹笋，剥掉皮，放入水中一烫，再取出洗净，放入油和酸菜炒一下，鲜美的味道使我们差点把舌头都一起吞了进去，如此的美味，再危险也值得了。

三、枞菌

夏季刚过，进入了秋季，几场秋雨滋润了干涸的大地，大地变得充实饱满。在大山之中茂密的松林里，似针一样的松针，落了一层又一层，把地上泥土遮得严严实实。雨水填满了松针之间的缝隙，让松针变得酥软，滋养着山林的精灵——枞菌生根发芽。

一个个似米粒大小的枞菌苞，迫不及待地冒出了头，在山坡上四处张望，对世界充满了好奇。为了看得更远，它们使劲往上长高。长到一定高度后，它们打开了身上的伞，开始脱落孢子，繁衍后代。这个时候，枞菌已经成熟，该我们出发了。

我们穿上长衣长裤，戴上草帽，拿上镰刀，提上篮子，全副武装往山林而去。大家对于枞菌的生长地点了如指掌，一路飞奔，路过一片片松树林，直达松林深处，显然都不是第一次打枞菌。

枞菌是害怕寂寞的，它们抱团生长，当人们穿过树林，与一群枞菌正面相遇，那真是太让人惊喜啦！我们怕惊走了可爱的精灵，赶忙屏住呼吸，轻手轻脚地开始采摘。有时候，枞菌喜欢与我们捉迷藏，我们在密林中四处张望，一个枞菌的影子都没有看见，难道已经被人采摘过了吗？不应该啊！这片树林明显没人来过，这可是我与小伙伴的一个秘密基地。我们不甘心，抽出镰刀，把地上的松针拉开。哇！密密麻麻的枞菌正静静地躲在里面呢。

我们把从山上摘来的枞菌，截掉菌头，把菌伞洗净后，分为四瓣，就可以下锅了。做枞菌不需要太多的配料，只要大蒜即可。先放入油，等油热了后，再放大蒜，然后放入洗好的枞菌开炒，最后放入适量的水，等水开了，放入盐即可出锅。鲜滑浓香的枞菌，根本用不着味精。

远远闻到枞菌的香味，人们就忍不住吞咽口水，香味太诱人了。味道闻起来就如此香，吃起来肯定很好吃，枞菌的确没有辜负如此香味，入口清脆，香醇可口，又鲜又嫩。枞菌最好的吃法是做枞菌汤，精华都在其中，汤油而不腻，像喝鸡汤一样，比鸡汤更鲜美。

在过去，农村日子过得太紧，一年吃不了几次肉，而吃一次枞菌，就算是吃过一次肉了。枞菌的味道鲜美，早已征服了人们。随着生活质量的提高，人们并没有抛弃对枞菌的喜爱，相反越来越喜欢。今年枞菌生长期刚过，人们又期待明年的到来，实在等不了的，则开始人工培育枞菌，人工培育的味道却没有野生的鲜美。

远离故乡，我再也没有见过枞菌，真的怀念它醉人的味道啊！只要想起枞菌，我就舌底生津。

四、折耳根

在我的老家贵州，人们一天三顿都要吃辣椒，却很少有人上火，都得益于一种野菜——折耳根。

折耳根是鱼腥草的根，带有一股很大的鱼腥味。鱼腥草从叶到根都是宝，枝叶茂盛的时候，直接采摘鱼腥草叶泡水喝，能够治疗久咳、咽喉肿痛；有一种治疗感冒的鱼腥草注射液，就是利用鱼腥草的茎叶提炼而成。对于家乡的人来说，主要是吃折耳根。折耳根有浓烈的鱼腥味，很多人不习惯，不要说吃，闻到就远远躲开。而家乡的人们对折耳根带一点鱼腥和草香的味道，爱得入迷，许多场合都能看到折耳根的身影。

折耳根见得了大场面，农村里有宴席都不会到酒店办，而是自己在家动手，大块的肉切起来，粉蒸肉、红扣肉、白切肉，一场酒林肉宴。在过去农村，人们日子过得紧巴巴，平常很难吃到肉，在如此大餐面前，却吃不了多少，只能“望肉兴叹”。这个时候，上一盘折耳根，一口折耳根下去，又酸又辣的味道，特别开胃，人们马上又有了食欲，能再多吃几块肉。

一场好的酒席，不在于大菜做得多好，有一碟味正的折耳根，就能得到最好的评价。折耳根不光上得了酒席，还走出了山村，来到了城市，县城里卖的米粉和米豆腐，都缺不了它。如果少了折耳根，米粉和米豆腐几乎无人问津。

今年过年回家，为了一点折耳根，我把房前屋后都翻了一个遍。在万物萧条的冬季，我扛起锄头，凭借记忆一锄头下去，深藏在地下的折耳根依然又大又肥，像草根一样白白净净，一股特有的清香扑鼻而来。一根根收集起来，洗干净，切成两厘米长的小段，加入醋、辣椒、盐、味精搅匀，半个小时后，就可以品尝了，又酸又辣又脆的折耳根，让人食欲大增。我把折耳根当饭吃，似要补回这一年里没有吃到的遗憾。

我工作的地方在浙江，很少有人吃折耳根。一次，我在菜市场买菜，居然看到有人卖折耳根，欣喜地买了一大把回来，做了一大盘。我只吃了一口，就再也不想吃了。味道太差，味同嚼蜡，还是老家的折耳根味道好，也许故乡的土地长出的折耳根，才能更好地抚慰游子那刁钻的口味吧！

第五辑　书中自有黄金屋

春日晒书

春天来了，温暖的阳光铺满了大地，整个天地变得暖洋洋的，三三两两的老人们从屋子内走到阳光下，尽情地感受着春阳的温暖。主妇们赶忙把衣服和被子拿出去晒一晒，祛除湿气。而爱书之人，则会把收藏的书搬到阳光下，好好晒一晒。

小学六年级的时候，我越来越觉得教科书难以满足我对世界的渴望，非常希望读课外书，学习更多的知识。但是我家除了几本《毛选》和小人书外，再无别的书籍。

当时，我有一位很年轻的堂叔，我叫他林叔。他在煤矿工作的时候，矿井发生了坍塌事故，他的脊椎被压断了，再也不能干重活，只能帮家里看看牛。每次他与我们一起放牛的时候，都会给我们讲故事，他的脑袋里仿佛装满了故事，一个接着一个，从来不重复。本来无聊的放牛，有林叔的存在，变得有趣极了。以前大家都讨厌放牛，觉得太无聊，不太愿意去，有了林叔的故事，我们都抢着去放牛。

虽然林叔断掉的脊椎用钢板接上了，但是经常发炎和肿胀，让他痛不欲生。服用大量的消炎药却没有什么效果，为了转移疼痛，他花费了很多钱，购买了满满一房间的书。每次痛得厉害的时候，他就全身心地投入书中，用书中精彩的故事转移疼痛。这也是他知道故事多的缘故。

自从我发现了林叔家的藏书后，魂都留在了那里，一有空就跑去他家。林叔非常爱惜他的书，从不外借，想看，只能当场看完。我总是借上一本书，蹲在墙角看上一整天，直到母亲叫我吃饭，我才依依不舍地离去。林叔家的书类别很多，有国内外名著、武侠小说、农业科技、医学教育等。我最喜欢的是武侠小说，一个个荡气回肠的故事，让我忘记了饥饿，忘记了时间。如此荡气回肠的故事，难怪林叔能够暂时忘记疼痛。

也许我对书痴迷的态度感动了林叔。一个阳光明媚的春日早晨，林叔让人叫我帮他晒书。我高兴坏了，正在吃饭，连饭都没有吃完，就跑着去了林叔家。我小心翼翼地把书一本本搬到阳光下，细心地摆放好。林叔像对待恋人一样，小心翼翼地翻开书，让每一页书都吸满阳光。书本在春阳的温暖下，散发出浓烈的墨香，让人迷醉。晒过的书本，充满了阳光和春天的气息，里面的故事仿佛都变得更加精彩了。

林叔一边翻书，一边给我推荐该看什么书。他说："你正是对世界充满渴望的时候，可以偶尔看一看历史演义、武侠小说。这些书能够丰富我们的内心世界。中外名著、历史书籍必须看，而且需要仔细品读。这些书对你的学业都会有帮助。"我诚恳地接受林叔的建议。太阳落山之前，我已经把林叔的书整齐地放了回去。这次，林叔借给我一大摞书，让我带回去读。这些书是林叔专门为我挑的，包括《平凡的世界》《老人与海》《战争与和平》等。

我深深地沉醉其中，走路的时候，都不放下书本，几次撞在树上，头都撞破了，但是我依然如故，身心沉浸在精彩的世界里。这些经典名著，让我知道了世界的精彩，更知道了很多做人做事的道理。我渴望读更多书，掌握更多的知识，恨不得马上把林叔的藏书都读完，但是时间没有给我机会。

在我上初中的时候，林叔终于抵抗不住病魔，遗憾地离开了人世。他的家人并没有留下藏书，而是全部烧掉了。他们认为林叔喜欢读书，所以把藏书烧给他了。我感到非常伤心，也非常遗憾，林叔的藏书，我才看了十分之一。

后来，我读的书越来越多，收集的书也越来越多。每年春天，我都会把书搬出去晒一晒，读着满是阳光味道的书籍，想起林叔的教诲，心中暖洋洋的，收获了满满的能量，在人生路上越走越远。

蹭书岁月

“书中自有黄金屋，书中自有颜如玉。”我上学后，便与书本结下了不解之缘，但是教科书远没有课外书吸引人。

我第一次接触的课外书是一本《故事会》，在小学六年级的暑假，一本薄薄的杂志，是爸爸外出时，在坐火车的时候，为打发时间买的。我打开书，马上被里面精彩的故事吸引，一口气把它读完，还意犹未尽。我在家中翻箱倒柜，寻找同类书，但是很遗憾，没有第二本《故事会》。我找到一些封面已经不见的破书，如获至宝，废寝忘食地把它们一一读完。书虽破，内容却精彩绝伦。让人遗憾的是，我正看到高潮部分，书没有了。没有看到故事结局，我心里似猫挠一样难受。那时，我就有一个愿望，能够有一屋子书该多好啊！想看什么，就看什么。

我升入初中后，到镇上读书，沉迷在书海之中。当我第一次在书店看到如此多的书，再也移不动脚步。店里的书可以租来看，五毛钱一本。那时，家里比较穷，除了吃饭的钱，我便没有任何余钱，当然没有钱租书。于是，我一下了课，便跑到租书店蹭书看，一目十行地抓紧看。店内有四大名著，有《三侠五义》《隋唐英雄传》，有金庸、古龙、梁羽生、温瑞安的武侠小说，内容精彩，场面感十足，我深陷其中难以自拔，有时候连上课的时间都忘记了。书店的主人是一位和蔼的大叔，他不但不赶我走，还热心地提醒我该上课了。

我像着了魔一样，不知今夕何夕。班里同学有人到书店租书，我便趁他们看完后，赶忙借来看。为了抓紧时间，我甚至在上课的时候，也埋头在课外书中。有一次，一位新来的语文老师给我们上作文课，我仍然在看金庸小说《笑傲江湖》，老师发现后，把书缴了，在课堂上狠狠地批评了我一顿。我却不服气，硬气地告诉老师，作文课我已经会了，才看课外书的。老师看我还敢顶嘴，当场便给了我一道题目，让我把作文写出来，假如写不出来，或者写得不好，就让我马上叫家长。我知道箭在弦上不得不发，拿起笔按老师的题目洋洋洒洒写了一篇作文。老师看了我的习作后，点了点头，算我过关，让我继续保持和发扬，但是上课不能看课外书，书却还给了我。我的作文能达到老师的要求，均得益于课外书。我得到老师的肯定，更加疯狂地看书，而且从来不挑书，有书就看。一有空闲，我便钻进书中，同学们给我起了一个外号叫“书虫”。我乐在其中，做书虫多好啊！与书再也不分开。

租书店的书毕竟有限，我如饥似渴地看，早看完了里面的书。这个时候，我就特别期盼赶集的日子到来。因为赶集的时候，外面的书贩会到镇上摆摊，我就能够阅读新书了。但是书贩不像租书店老板一样和蔼，他们看我一直站在那里看，没有买的意思，就会挥手赶人。这让我非常郁闷，却又没有办法，只能换一家书摊，继续蹭书，直到被赶为止。我就这样在书摊间来回走动，读了不少世界名著，丰富了自己的精神世界。

“读书能明智，读书能拓展视野。”一本本书填充了我大脑的空白，让我的思维变得广阔，让我不再是井底之蛙。随着岁月前行，我通过买书，或者在图书馆借书，看过无数的书，但是最难忘的还是那段蹭书岁月，那是我与书真正相识的日子，是值得纪念的日子。

抄写助我成长

《温家宝地质笔记》于2016年3月由地质出版社出版，是温家宝总理人生起步的九年，在祁连山深处的生活笔记和工作笔记。一笔一画全是手写，一页页字迹隽秀、清晰，没有一处涂改，让我肃然起敬。

我们单位老同事曾对我说："以前没有电脑，地质报告全是手写。我们刚来单位，第一件事情，就是抄写报告，把别人写好的草稿，一个字一个字抄到稿纸上，然后装订成册。"有的地质报告动辄上百页，时间又紧，手都抄得起了老茧。抄报告不仅仅是一项工作，也是一项考验。领导从你抄写报告的字体工整情况、正确程度，判断你工作是否认真、细心，这对以后个人发展影响巨大。

虽然我没有抄过地质报告，但是从小到大，抄写一直助我成长。我上初中的时候，香港歌手刘德华、张学友、黎明、郭富城相当受欢迎，处处可以听到他们的歌声，谁不会哼两句他们的歌，就是落伍。那时，随身听还没有出现，听歌全靠放磁带的录音机。他们的歌声是那么动听，每次出了新歌，我们都迫不及待地想学着唱，但是总记不住歌词，让我们很苦恼。后来我们发现把歌词抄在本子上，然后对着录音机，反复练习，效果很好。大家很快就记住了歌词，马上能够独立歌唱新出来的歌曲。原来在抄的过程中，加深了记忆，抄写完了，歌词基本上就刻在脑海中了。

手抄歌词还让我们下定决心练字，谁的字写得漂亮，手抄本就特别受欢迎，甚至班上漂亮的女孩子，都会借去抄写。那时候，我们正处于青春懵懂阶段，非常想与女孩子交流，却又找不到方法，手抄歌词本正好成为一个媒介。我们相互较着劲，暗地里练字。如果谁的歌词本被女孩子借去了，这个人就能在男孩子之中炫耀很久。一段时间后，班上男生的字越写越漂亮，语文老师很欣慰，还以为我们懂事了，能够自觉练字了。

那时候，班上几乎人人都有一个手抄歌词本，用清晰的笔迹抄着歌词，边上贴着明星的明信片。这已经不是一本简单的笔记本，而是充满了青春记忆的笔记本。但是非常可惜，我的手抄歌词本在几次搬家过程中丢失了，让我特别遗憾。

我们不但抄写歌词，还抄写小说。因为小说都是从租书店借来的，下次想重温小说的时候，还要再借一次。为了少花一次钱，我们开始抄小说。

金庸的“飞雪连天射白鹿，笑书神侠倚碧鸳”十四部小说，我抄写了三四部。在抄写的过程中，我与书中的主人公完全融为一体，他悲伤，我也悲伤，他欢乐，我也欢乐。我全心全意投入，收获巨大，多年以后，我还能清晰地记得小说里的人物形象、故事情节、功夫招数。当然金大师的写作方法，我在抄写的过程中，也偷学了一些，让我的作文水平提高了许多，也是从那时候，我爱上了写作。

我的记忆力并不好，语文老师要求背诵课文和英语老师要求背诵单词的时候，是我最害怕的时候，记忆像被抽空了，怎么也想不起来昨天背诵好的东西，这让我苦恼不已。当我发现抄写的秘密后，需要背诵的课文，实在记不住，就多抄几遍，记不住的英语单词，也用这样的方法，才一次次在考试中取得佳绩，一路过关斩将，进入大学。

现在，我们不再需要手抄歌词、小说，只要打开电脑，一搜索全在上面，也不用抄写地质报告，电脑可以打字。但是我还是爱抄书，抄写的过程就是学习。抄写的时候，人完全静下心来，也算是一种修身养性。

记忆里的小人书

前两天，难得有空到市区逛了逛，人来人往的街道，似乎没有什么新意。我看到一个路口有一位小贩在收购小人书。小人书在社会发展过程中被淘汰了，现在变成了收藏品的一种。我感到特别遗憾，它们曾经多么风靡一时啊！它们曾给我们带来无数快乐啊！

在电影、电视还没有普及的年代，看小人书是许多人的爱好，它虽然仅有巴掌大，内容却精彩绝伦。当时，谁手头上拥有几本小人书，那绝对是风光的事情。

我家有一箱小人书，是父亲外出时特意为我购买的，有《大闹天宫》《哪吒闹海》《小兵张嘎》《铁道游击队》等。小人书仅有巴掌大，用白描的手法绘制人物，虽然没有色彩，却栩栩如生，配上简单的文字，让我们轻松地读懂里面的故事，一个个精彩的故事让我爱不释手。那时候，我一直认为小人书里的故事是真实的，梦想着成为像书中人物一样的人物，经常模仿他们的神态和语气。

这一箱子小人书是我的宝贝，我用废报纸包了一层又一层，还担心书生虫，大太阳天，经常拿出来晒一晒。村里的同龄孩子，都眼馋我有小人书。为了借书，他们低声下气地求我许多次，我才勉为其难借给他们一本，而且借书的人必须承诺：不能弄坏，若弄坏了，将失去借书的资格。

小人书的存在，让我十足风光了一把，成了热闹的中心。小伙伴们总围着我，让我讲小人书里的故事。他们有些人已经看过了，却仍然想听我讲，觉得我讲的故事更生动有趣。我除了讲故事外，还喜欢按故事里的角色分配，大家一起玩角色扮演游戏。当然，好的角色，都是我的，比如孙悟空、哪吒、张嘎都是我来演，他们只能演次要角色和坏人。由于我掌握着剧本，没有人敢对我有怨言，安排什么角色，就演什么角色。

我们都爱上了这个游戏，放了学回到家，找一块空地，马上全身心投入演绎的角色，仿佛成了故事里的人物，他笑我亦笑，他哭我亦哭。我们在小人书的故事里徜徉，探寻着神奇的世界，留下了一阵阵欢声笑语，甚至感染了村里的其他人，让他们也变得快乐起来。

小人书只有巴掌那么大，正好放在衣服口袋里。我上学的时候，经常带几本小人书，课间的时候拿出来，大家一起观看，一起讨论故事情节。大家对于故事的认知度不同，各执一词再正常不过。大家分为几派，大声地阐述着自己的想法。有的时候大家谁都说服不了谁，只能找语文老师点评。那时候，我们的语文老师是一位才子，知识广博，特别支持我们看课外书籍，耐心地给我们讲解，让我们真正读懂了里面的故事。我与同学们在争吵之中成长，也结下了深厚的友谊。多年以后，我们再次相见，提起看小人书的岁月，都会会心一笑。小人书是儿时快乐的记忆。它不仅丰富了我的童年，增长了我的见识，伴我度过了一个又一个孤寂的夜晚，也让我从中看到了精彩世界的缩影。

随着时代的发展，随着我们渐渐长大，小人书也退出了历史舞台，被扔在了墙角，无人问津，但是它曾经带来的欢乐已经深深刻在记忆里了。小人书集中国国画与历史演义于一体，是一项宝贵的文化遗产。它们没有能够得到继续发展，而是被时代随意地淘汰，真是一件特别遗憾的事情。

我与金庸小说的故事

二十世纪九十年代，农村才刚有电视机，而且还是黑白电视。电视一放映，大家被里面精彩的节目迷得神魂颠倒。即使是播放《新闻联播》，大家也看得津津有味，更不要说内容丰富、情节曲折的电视剧了。

那时候，我才上小学，根据金庸小说改编的电视剧《雪山飞狐》正在热播。我们家居住的是木屋，精彩的打斗声，根本藏不住，穿过墙壁传出去很远很远。我在家里的任何角落，都能清晰地听到电视中的声音，这让我无心写作业。每次放学回家，父母都要求我先写完作业，才能看电视。我却完全忍不住，经常从门缝里偷偷地观看。《雪山飞狐》让我第一次认识飞来飞去的大侠，第一次知道了武侠小说，也认识了金庸，深深地爱上了他的小说。

电视剧播放得太慢，精彩的情节让我心痒难耐，我开始四处找武侠小说看。从父亲的旧书中，我仔细寻找。无论是没有封皮的小说，还是杂志上的小说选节，我都爱不释手，拿起来仔细地观看。在放牛的时候，我都是手上拿着一本书，边走边看。牛经常跑到别人地里吃庄稼，我也没有发现，被父母骂了很多次，却还是不愿意放下手中的书。

武侠世界里有一种叫轻功的功夫，能够飞檐走壁，它让我特别迷恋。无数个夜里，我都梦到自己学会了轻功，在村里的屋顶上飞来飞去。后来听说，在腿上绑上沙袋跑步，一点一点增加，当双腿的沙袋够多，练习得够久，然后把沙袋扔掉，就能够变得身轻如燕，像武侠世界里的人一样飞来飞去。

我对这个说法深信不疑，央求母亲做了两个沙袋，开始了轻功练习。沙袋做成了以后，我整个白天都绑着它，直到晚上睡觉才脱下。在练习了一段时间后，我认为自己已经学会了轻功。于是，我与小伙伴们相互较劲的时候，总想以轻功打败他们。我们爬上高高的山坡，从一个个台阶往下跳，看谁跃过的台阶多，谁就是最后的赢家。

我们喊着哼哼哈哈的口号，从上往下飞跃，瞬间的腾空感，让我们大声尖叫。人是很容易自满的，当我们跳跃过小台阶，觉得自己特别厉害了，就增加了挑战难度。从房屋的二楼跳到一楼。当然，我没有学会轻功，在一次跳跃中，我的腿被摔断了。从此以后，我们被严厉禁止轻功比拼。

轻功不能比拼了，大家就开始比拼内力。我们分为两组，像武侠电视剧中的人一样，盘膝坐在地上，前面两人手掌紧贴，后面的人手掌贴在他们的后背，然后大家一起用力。哪一组被推倒，哪一组就输了。大家喊着统一的口号，把吃奶的劲都使了出来。当一组终于倒下了，取胜的一方欢腾跳跃，仿佛个个成了武林高手，特别骄傲，特别满足。

“路见不平，拔刀相助。”武侠世界里行侠仗义的理念也深深影响着我。我学着武侠小说里的人物，把衣服披在身上，当作披风，然后在学校里行走，希望能够看到不平之事，让我拔刀相助。有一次，我还真见到一件不平事，一位高年级的学生正在欺负低年级的学生。这么好的机会，我当然要挺身而出，二话不说，我冲上前去质问高年级的学生，为什么欺负人，还说要与他单挑，还世界一个公道。

那位高年级的学生长得人高马大，显得很老成，低头看了我一眼，我被吓了一大跳。但是为了心中的正义，我还是硬着头皮说要开战。低年级的学生却不干了，说这是我哥，关你什么事！原来，我是狗拿耗子多管闲事，只好乖乖地退下了。

在我上初中后，在租书店看到全套的金庸小说，就像找到了绝世宝物，一头钻了进去。从《射雕英雄传》到《神雕侠侣》再到《倚天屠龙记》，一直看到《鹿鼎记》，十五部小说一字也不放过。每一部精彩的故事，都让我流连忘返。

在升入高中后，我的学业加重，只能把金庸小说暂时放在一边，攻读书本知识。在进入大学后，宽广的图书馆，收藏了各种各样的书籍，金庸小说当然也不例外。我再次从头开始，一本一本读起来。金庸的武侠小说太经典了，太精彩了，值得我一遍又一遍地重读。当然金庸小说改编的电视剧，我也不会放过。有时候，为了追剧，甚至看到深夜，特别是《笑傲江湖》，至少看了十遍。

金庸的小说是武侠小说，里面都是打打杀杀，但是每一部都充满了正能量，并没有让我变得暴力，反而让我懂得了许多做人做事的道理。从我第一次与金庸小说结缘，就一直深爱着它们。在今后的人生路上，我依然会爱着它们。

苍茫戈壁滩上的独舞者

——读新疆李娟散文集《阿勒泰的角落》

2008 年，我曾在新疆戈壁滩上工作了半年，对于戈壁生活深有体会。当我看到李娟的散文集《阿勒泰的角落》，瞬间被深深地吸引。

李娟出生在 1979 年，1999 年开始创作，文风清新、真实。她的第一本散文集《九篇雪》出版之后，在全国引起巨大的反响。《阿勒泰的角落》是她的第二本散文集，2013 年 9 月由新星出版社出版，全书按作者足迹分为“在喀吾图”“在巴拉尔茨”“在沙依横布拉克”“在桥头”“在红土地”五辑。

全书描写了作者一家人在牧民区的生活，只是日常生活的记录，作者用带有神奇魔幻色彩的笔墨，把日常生活写得生动有趣。作者的家境并不好，以开裁缝店和杂货店为生。为了寻找客源，她们经常跟随牧民们放牧的步伐，四处奔波。

这样的生活当然是苦的，也是异常累的。如果有其他选择，谁也不会过这样的生活。牧民区人烟稀少，生活单调、寂寞。作者生活在这样的地方本来应该悲观和厌世，但是作者的文章却充满了阳光，像一道光照亮了无数人的人生。

作者是一个非常感性的女子，用心地生活着。即使生活得很苦很累，也没有能够压制她的灵性。她的文字像涓涓细流一样，滋养着新疆茫茫戈壁滩，把戈壁滩变得有了色彩。她从没有刻意用优美的笔墨赞美人生，而是用真情的笔墨把看到的一切、感受到的一切记录下来。

她们一家居无定所，颠沛流离，在不属于她们的土地上奔波。这样的日子谈不上幸福，但是李娟把生活过得像繁花一样精彩。一只兔子、一片树林、一个陌生人都是她抒发感情的媒介。她把浓烈的感情注入其中，使得他们被重新诠释，有了新的意义。

新疆地广人稀，大部分区域都是戈壁和沙漠，荒凉和寂寞是新疆的代名词，黄色是主要色调，绿色被深藏。我在新疆工作的时候，觉得人生都变成了黄色，自从离开新疆之后，心中发誓再也不去了。但是，李娟的文字让我们看到了一个不一样的新疆，它是有生命力的，它是有色彩的，变成了让我们向往的地方。

李娟的散文适合去过新疆的人读，因为能够感同身受。《河边洗衣服的时光》《门口的土路》《河边的树林》只是截取了新疆戈壁滩上最普通最简单的一幕，却让我们读之入迷。戈壁滩宽广而荒凉，是一个无声的世界，是一个会让人发狂的世界，李娟在这样的世界里安宁而淡漠。没有人烟的河边，正是一个人放肆的时刻，可以尽情地在溪水之中嬉戏；一片茂密的柳树林，可以任意畅想；一条简单的土路，可以承载无数故事。

李娟的散文除了淡雅，还充满了真情。《外婆的早饭》《带外婆外出》寄托了她的无数感情。九十岁的外婆不但什么事情都做不了，而且经常帮倒忙，李娟从来没有过任何怨言，她更多的是感恩。外婆把青春奉献了，变得垂垂老矣，正是该享受儿孙福的时候。她的一切行为都应该得到谅解。李娟珍惜亲情，给外婆在戈壁滩上营造了一个温馨的家。

李娟能够在戈壁滩上淡雅地活着，也离不开她有一个坚强的母亲和一个可爱的外婆。她的家人都是乐天派，把苦难当成动力，执着前行着。

人生就是一场修行，如何修炼出能够让自己过得愉快的本领，需要我们自己去寻找。李娟与家人无疑已经找到了方向。她们在戈壁滩之中与人交流的机会很少，所以她们与大自然交流，与大自然为友。黄沙、枯树、小草都是她们的朋友，与它们共舞，不但缓解了寂寞，更洗涤了心灵。

我有些遗憾在去新疆之前没有能够邂逅李娟的书。如果我在戈壁滩之中品读李娟的书，那将是一件非常惬意的事情。她的书带有一种无形的能量，读之能让人身心愉快。现在的社会繁杂无比，静下心来读书的人都很少，更不要说像李娟这样用灵魂书写了。

她是一个在戈壁上的独舞者，把戈壁舞动得充满生机。戈壁在她的笔下不再冷漠，不再荒凉。

闲笔写人生

——读陈平文集《流年闲笔》

陈平老师曾教过我高中语文。那时候，我对陈平老师经常在报刊上发表文章早有耳闻，心中非常羡慕。我开始爱好文学，就是从这种羡慕开始，只是高中生活太忙碌，没有好好发掘，工作后又太忙，只能把梦想藏在了脑海深处。虽然我没有开始写，但是我一直在积蓄力量，经常阅读各种书籍。2008 年，我因为工作需要，被派到新疆戈壁滩工作半年，艰苦的环境，单调的生活，使我内心苦闷，需要一个发泄的出口，于是，我拿起了笔，写了一篇关于戈壁滩上的松树的文章，题目为《生命》，发表在行业报上，走出了平生发表文章的第一步。

虽然我第一次写作就发表了，却没有走上写作之路，也没有找到写作的方法。在繁忙的工作之中，我又放下了笔，直到 2015 年的中秋，一个人在异乡，非常想家，就想拿起笔，描绘故乡的风景、故乡的人物、故乡的记忆。我写了一部分放在博客上，陈平老师看了后，告诉我清水江杂志社需要稿件，他要拿两篇去发表，我当然非常高兴。文章发表后，陈老师自己掏钱给我寄了样刊，还寄了他自己写的几本书。我受宠若惊，仔细阅读，细细品味，无以为报，只能以读书笔记记之，感谢老师的厚爱。

《流年闲笔》由紫荆花出版社于2017年2月出版，全书由三部分组成：一是小说走笔；二是散文随笔；三是读写漫笔。该文集是作者多年来以文字当心灵漫步，随写随记而成，是一段心灵前进的历程。他以文字抒写内心，让内心长出了一片绿色，把生活过得有滋有味。

小说走笔由八篇短篇小说组成，作者以细腻的笔墨，勾画了一个个活灵活现的人物。《爱的季节》中达丽和乾炳相亲相爱，却由于上一代的恩怨，达丽的爹死活不同意两人相爱，甚至棒打鸳鸯。乾炳出去打工后，达丽也想出去打工，他爹却极力阻止，认为外面的钱都不干净。即使儿媳难产，隔壁五婶愿意借钱给达丽爹，他还是认为五婶的钱是打工得来的，不干净不要，硬是上街卖掉家中的命根子耕牛。但是他淳厚的外表，并没有让人同情他，别人反而更大胆地骗他，卖牛八百元，只有一百元是真的，导致了儿媳没有及时得救，一尸两命，儿子也疯了。作者刻画了一个思想保守、脾气暴躁的男人。时代在变化，他的思想却不肯跟上时代的脚步。所幸小说结尾达丽爹终于接受了新思想，让达丽与乾炳过上了幸福生活。

《畸形儿》刻画了一个天生残疾、没有左耳、没有“小丁丁”，而且弱智的孩子。他从一出生，就克死了爷爷，再克死了父亲，又克死了奶奶，最后害得母亲进了监狱。他似乎就不该来到这个世界上。母亲却一直没有放弃他，学校不收，就自己教，记不住就多说几次。孩子在母亲的教导下，渐渐地记得了回家的路，知道了好恶，后来又长出了左耳和“小丁丁”，成为一个正常人。这是一个关怀的故事，孩子天生残疾，是命运的安排，我们只能给他更多的关怀，让他能够站起来，过上正常人的生活。

《骨头和我的狗们》《阿鼠·黑子》都是与狗有关，却不单单写狗，而是以狗表现生活。为了活下去，一根骨头就让众狗争得头破血流，人又何尝不是呢？阿鼠是村里一霸，坏事做绝，刚开始还有人敢对抗一下，几次没有效果后，就放弃了挣扎。而叫黑子的狗，却一直没有放弃，仿佛不怕奸邪的侠客，从来不畏惧强权，撞破了阿鼠一次次好事，最后阿鼠报复黑子，黑子更不害怕，与阿鼠同归于尽。黑子的勇敢让人羞愧，在黑暗势力的笼罩下，太需要像黑子一样的侠客，路见不平，拔刀相助。

《收获季节》《月姐》《梅姐》刻画了一个个普通人的生活，人的生活从来不是一帆风顺，得势的时候，不该扬扬得意，失势的时候，不该一蹶不振。生活像一首歌，有高音，有低音，我们应该以平常心对待每一段生活。《山雀》中作者把目光转向自然，我们生活在大自然中，应该与大自然和谐共处，而不是只想着破坏。

散文随笔有二十三个单篇，都是作者身边发生的事情，或者看到的风景。作者像一个记录者，把它们真实地记录下来，同时抒发内心的感受。《山的记忆》《汶溪人过年》《寻找》，抒发了作者对故乡的思念，生养我们的土地，无论离开多远，离开多久，都不能忘记它们，它们已经融入了我们的血液。《一篇小说惹的祸》《遥祭诗魂》《又一位诗人走了》，是作者身边文友的故事。他们才华横溢，却因写作笔法太真实，让人硬套现实，从而受尽磨难，或者英年早逝，让人叹息。《独访犀牛潭》《冬访幽林》《白云深处有信号》，是写作者与美丽风景相遇，感受美好景色的一场净心之旅。《感谢岁月》《给心灵一个空间》《写在夜里的文字》，是作者心灵的自问，感怀岁月，与岁月交好，共建安宁生活。《三月，你来到这个世界》，是作者“升级”为祖父，内心喜悦，记录了孙子出生的点滴，寄托着对生活的美好期待。

读书漫笔只有三篇，前两篇是读别人散文集，有感而发，作者并没有一直用赞美的语言，夸奖李缨的《有爱来过》和李雪梅的《四月的蔷薇》，而是用很中肯的语言提出了不足之处。最后一篇是《喜欢辫子的男生》的创作点滴，文学来源于生活，又高于生活。《喜欢辫子的男生》正是作者对生活中经历的人和事，进行了艺术的加工，让其更具传奇色彩，反映一代人的生活习惯和生活环境。这正是小说应该承载的使命。

《流年闲笔》短短十四万字，却刻画了一个个栩栩如生的人物，更包含了许多做人做事的道理，读之发人深思，是一本值得一读的好书。当然，由于框架设置有限，有些作品让人意犹未尽，未能过瘾。比如《畸形儿》《骨头和我的狗们》，都还可以再加深，变得更加精彩。

故园情深
——读刘燕成散文集《遍地草香》

《遍地草香》是苗族作家刘燕成的散文集，全书十六万字，由三十篇文章组成。刘燕成是贵州天柱人，中国散文学会会员，中国少数民族作家学会会员，贵州省作家协会会员，曾荣获贵州省第十届“新长征”职工文艺创作评奖活动散文一等奖、全国首届西部散文奖新锐奖等奖项。

散文集记录了刘燕成的成长历程，记录了那个叫梗冲的地方的人和事。虽然梗冲在中国地图上是一个很小的点，但是在作者心中，却是伟大的，是难以忘记的。他满怀深情地抒写了对故乡的怀念，对亲人的思念。

《一粒麦子深情的呼唤》，抒发了作者对父亲的爱，对父亲的思念。麦子是从父亲留下的麦哨带来的，是与父亲最后的联系。麦子需要土地才能生长，喻示着没有父亲，就没有我们。麦子在城市的阳台生根发芽，并茁壮成长，喻示着虽然父亲离去了，但是爱一直存在，并一直留存。以一粒麦子为媒介，从麦子的身上，作者再次感受到父亲的温度，让自己在陌生的城市不孤单，至少有这一株用父亲的手温暖过的麦子陪伴。

老井、青苔、瓦上烟、檐下雨、棕皮蓑衣，在乡村任何地方都能够找到，但是在作者眼中，这些都是故乡的代名词，都是自己曾经与亲人快乐生活的印记，再次见到它们，就会想起那段快乐的时光。蛤蟆花、牵牛花、金银花，乡村随处可见的植物，它们默默地生长着，向世界奉献着美丽，像我们的父母一样，为了让我们成长，甘愿燃烧自身。白头婆、红奶奶、后娘娘，丰富了作者的童年生活，记录了他童年快乐的时光。肥妹老奶、凤娇表姐、向叔、二叔，是作者与故乡最后的联系，记录着他的成长过程。

作者用笔刻画了故乡的神韵，无论是故乡的物，还是故乡的人，都显得那么真实、那么鲜活。我们读《乡村记忆》的时候，脑海之中就会出现一幅炊烟袅袅的乡村图，炊烟是人类生活的标志，也代表着浓浓的乡愁。壁间画与檐下雨记录了童年的心思，是一段难以忘记的记忆。我们读《那人那事那村庄》的时候，就会清晰地看到一个喜欢“呱拉”别人闲话，说话大声大气，又非常热心的肥妹老奶。她被岁月洗去了美丽，打磨得遍体鳞伤，但是内心依然是火热的。美丽体贴的凤娇表姐，在时光洗礼之下，变得面黄、萎靡不振，四十岁就像六十岁的人一样。这就是乡村女人的真实写照。瘦母猪嘴巴上不留情，内心却非常体贴，典型的刀子嘴豆腐心。我们读《娘的三种称呼》的时候，感受到作者寄托在字里行间的对母亲的爱和思念。同时也看到了作者不是一个忘本之人，母亲是娘，丈母娘也是娘。我们读《人名草木》的时候，普通的白头婆、红奶娘、后娘娘，承载了作者对故乡深情的热爱。

故乡是永远也写不完的话题，无论我们离开故乡多远，看过多少美丽的风景，心中都会认为生养我们的地方最美丽，最值得怀念。我们对故乡的思念，不会受时间和距离的影响，时间越久，距离越远，思念越浓。如果故乡是我们的根，那么父母就是根的源头。父母生养了我们，值得我们深深地思念。

我们从一个地方走出来，就烙下了这个地方的印记，再也清洗不掉。那里是我们的根，一叶一木、一砖一瓦，都留下了我们无穷的记忆，有快乐的，也有悲伤的。故乡不仅仅记录了我们的童年，还是我们灵魂的归宿。故乡是坚强的后盾，源源不断地为远方的游子输送力量。一个人一旦失去了故乡，就会找不到活下去的勇气。所以许多人记录故乡，思念故乡，只是为了让心灵安定。

《遍地草香》不仅仅记录了作者的故乡，也道出了大部分游子的心声，读之让人感到特别亲切，是一本值得仔细品读的好书。

故乡是游子的根

——读杨志福散文集《故乡芬芳》

"埋骨何须桑梓地，人间无处不青山。"年少的我们都向往外面的世界，用尽全力挣扎，只为了走出故乡的牢笼。当我们真的离开了，在异乡奔波的时候，刻画在记忆深处的故乡风景，总在不经意之间浮现出来，融入我们的生活之中，让我们百般思念故乡。

故乡是每一个游子的根，乡愁是连接着游子与故乡的纽带，无论我们走多远，纽带都不能断。《故乡的芬芳》就是一位游子对故乡的思念，把故乡的风景细细描绘，以缓解思乡的心绪。《故乡的芬芳》于 2018 年 1 月由北京燕山出版社出版，作者是杨志福，贵州天柱人，系黔东南州作家协会会员，从江县作家协会副主席。全书分为"回望家园""人在旅途""读书释怀"三辑，二十万字，共五十六个单篇。

故乡的风景、故乡的亲人都让我们难忘，作者心中充满阳光，对故乡一些不起眼的风景都爱得着迷。都甫寨是作者的生养之地，以全国做参考，都甫寨只算一个点，毫不起眼，可在作者眼中却不一样，故乡是伟大的，胜过万里河山。古牛岩、塘头冲、场团坳等在地图上根本找不到，却是作者心中的最美风光。这些很普通的地方，记录了作者的成长历程，承载了作者的无数快乐。

父母的恩情是我们一辈子难以报答的恩情，作者心怀感恩，一刻不敢忘记父母的恩情。《温暖的站台》中母亲顶着严寒，坚持送“我”上车，只因为母亲心里儿子永远是心头肉，心中永远记挂着儿子。《我的老母亲》中“我”因回来奔丧，导致刚出生的儿子夭折，心中苦闷，两年没有与家里打电话，没有写信。母亲不辞辛苦，坐了两天的车，一路奔波过来看望“我”。儿行千里母担忧，母亲心中永远挂念儿子。《父亲你在天堂还好吗？》《门前那块甘蔗园》记录了父亲为了家庭，耗尽了心血，一天福都没有享受，就去了天堂。作者用白描的笔墨描绘母亲的慈爱、父亲的辛苦，也表达了心中的愧疚，读之让人感同身受。

《莲姐》《我用思念为你守护一生》是作者青年时期一两段美丽的邂逅。百年修得同船渡，千年修得共枕眠。那些与我们相遇，却没有能够一起相守的人，只是没有在对的时间相遇，不需要深藏起来，她们是值得我们怀念的。这说明作者是一个正直的人，心中亮堂，不藏一丝污垢。

作者心中思念故乡，也不忘工作生活的地方——从江县，用浓情的笔墨描绘了这个苗族县城的风景，让世人能够更清晰地了解它。最后一个枪手部落岜沙、加榜壮观的梯田、都江岸迷人的夜色都让作者沉醉，非常希望能够与人分享这些美丽的风景。作者用娓娓道来的文字描绘出一幅幅美丽的画卷，让我们想亲自去看一看、游一游，体验一番这个独特苗族县城的风情。

散文集最后一辑记录了作者读书的点滴，既有读书的感受，又有与文字结缘的记录。写作是一条异常艰苦的路，一个人行走，难免孤单，能够遇到一两个良师益友，真是人生一大幸事。

作者心系故乡，时刻关心故乡，工作之余思考着故乡的发展方向，并做了详细的调研。作者从故乡走出，却没有忘记生养自己的地方，为故乡的发展殚精竭虑，是一位不忘本的人，值得尊敬的人。

散文集并不厚实，文字也很朴实，却充满了真情。散文集让我隔着万水千山，感受到了作者的重情、淳厚。这本书让我们回忆起自己的故乡和亲人，给我们带来一股暖流。

心安处即是故乡

——读傅建国散文集《从皖南到温州》

我到温州工作有十个年头了，是名副其实的新温州人，但是对于温州，总是感到一些陌生。这里的环境、食物、语言，都与老家差别太大，我心中总有一丝不安，一股强烈的思乡之情环绕全身，久久不散。当我读了傅建国的散文集《从皖南到温州》后，我对第二故乡的看法发生了改变。

傅建国是皖南山区南阳湾人，初中毕业，1994年到温州后，一边努力打工，一边坚持写作。在他的不懈努力下，工作和写作都取得了一定的成绩，从打工者变成了创业者，从农民变成了作家，现在已经是浙江省作家协会会员，并出版了多部著作。

《从皖南到温州》由中国文联出版社于2013年5月出版，全书分为七部分，分别是“童年烟云”“青春回眸”“故乡踪迹”“城市边缘”“亲情港湾”“草根牧歌”“评论对话”。全书按内容又可以分为两大部分：一是作者对故乡的风景和事物深情的回忆；二是对离开故乡后遇到的人和事的真实感受。

每一个人都有童年，70后、80后、90后等，无疑比60后幸福多了，至少他们没有经历整日饿肚子的时光，而60后就不一样，他们曾经整日为了吃饭而发愁。作者正是出生在这个时代，家庭本来就贫穷，父亲还不太负责，更是雪上加霜。但是作者没有叫过苦叫过累，有的只是对生活的感恩。一个简单的盐水瓶，让寒冷的冬天变得温暖，一餐野菜，几条小鱼，让生活变得有色彩。穷人的孩子早当家，作者很早就帮生产队放牛挣工分，却从不觉得累，反而关心瘦弱的妹妹，每天需要为猪准备大量猪草，太辛苦了；他心痛母亲为了家庭，像陀螺一样转个不停。

青年是一生最重要的时光，是站在十字路口选择方向的时候。作者长大成人了，必须成家立业，更迫切的问题就是养家糊口。手艺活儿一直是人们看好的技艺，作者也不例外，凭借着对编织的一点兴趣，拜师学习做起篾匠。每一门技艺都有古老的传承，也留下了一些不好的规矩。学徒必须为师傅免费干活，才有机会学到真本事。作者对没完没了的活没有任何怨言，却难以忍受师傅的吹毛求疵。他逃离回家，拒绝继续学习，在母亲的鼓励和帮助下，换了一个师傅，才学得了真本事，成为一个手艺人。

但是为了梦想，作者放弃了做手艺人，选择了当一名代课老师，一边传播知识，一边追寻梦想。代课老师并没有看上去那么光鲜，微薄的工资，不够养家糊口，他不得不在农田与教室之间来回奔波。现实太残酷，为了温饱，作者不得不结束了教师生涯，一心务农。十几年的务农生活，家庭并没有什么起色，作者却秉承诚实做人的原则，人穷不能志短，对上粮的时候丢了一袋粮食，妻子拿了别人的一袋粮食代替，心中耿耿于怀，一生都感到愧疚。

故乡是每一个游子难以忘记的地方，即使故乡很穷，故乡的人也并不是个个和蔼，我们还是深爱着故乡。作者也一样，深爱着故乡，所以用深情的笔墨描绘着故乡。无论是风景，还是人物，作者都不愿意忘记它们。

打工者像秋风吹落的树叶，没有了根，四处漂泊。作者外出务工，最初的日子非常艰难，却遇到了一个又一个热心人，老邹伯、投递员、春花等，让他感到一阵阵温暖，才坚持了下去。作者心怀同情，即使自己连早餐都没有钱买着吃，还关心街头卖橘子的苦命人。作者身在异乡，虽思念家乡，却对第二故乡充满感恩。这个我们流浪的地方，给予了我们打拼的机会，值得我们感恩。

作者重视亲情，父亲母亲、岳父岳母、妻子儿子，都是他抒写的对象，他并没有用唱赞歌的手法，而是从实际出发，记录了与他们相处的点点滴滴。文贵在真实，只有真实的事件、真实的文章才能打动人。作者除了是打工者、儿子、丈夫、父亲外，还有一个身份是作家，曾多次参加文联活动，行走在温州地区的各个景点，描绘出一幅幅风景画，真实而美丽，令人读后想马上去游玩一次。

一个真诚的人从来不怕人评论，散文集的最后一辑，正是别人对作者的看法。他们都是看了作者的作品才认识他，对一个白天奔波在工作的路上，晚上坚持写作的人，充满了好奇，特别想认识一下。当他们见到真人，发现作者是一个非常真实的人，非常值得相交的人。

《从皖南到温州》写了作者大半生的经历，充满了酸甜苦辣，却传递给我们自强不息的精神，让我们读之振奋。作者把苦难变成了动力，把悲伤变成了动力，谱写了一曲励志高歌。这本书记录了一个像钢铁一样的人，不怕烈焰，不怕苦难，让我们深受感染。